恩赐

常江题

张效梅　著

中国国际广播出版社

图书在版编目（CIP）数据

恩赐 / 张效梅著 . — 北京 : 中国国际广播出版社，2019.10
ISBN 978-7-5078-4564-8

Ⅰ . ①恩… Ⅱ . ①张… Ⅲ . ①散文集—中国—当代Ⅳ . ① I267

中国版本图书馆 CIP 数据核字（2019）第 213588 号

恩　赐

著　　者　张效梅
责任编辑　张娟平
版式设计　魏玲丽
责任校对　李兆庆

出版发行　中国国际广播出版社［010-83139469　010-83139489（传真）］
社　　址　北京市西城区天宁寺前街 2 号北院 A 座一层
　　　　　邮编：100055
网　　址　www.chirp.com.cn
经　　销　新华书店
印　　刷　北京时捷印刷有限公司

开　　本　880×1230　1/32
字　　数　160 千字
印　　张　7.3125
版　　次　2019 年 10 月 北京第一版
印　　次　2019 年 10 月 第一次印刷
定　　价　39.00 元

CRI 中国国际广播出版社　欢迎关注本社新浪官方微博　官方网站 www.chirp.cn

构建自己的精神家园（序）

姚喜岱

近日收到张效梅的散文集书稿，嘱我为之作序。抽时间捧读再三，直觉全书页码虽不算太多，但是分量足够厚重，甚至可以说是沉甸甸的。我从精神层面来感受，更重的是她的心思。著名作家刘庆邦说过，一个心重的人才会写出有分量的作品。可以说，效梅的作品散发出很心重的意境，字里行间有一种攫取人心的力量，让人感到坦诚沉实。

煤炭行业的作者出版作品集，这本身就是稀罕的事情，需要执著追求，耗费多年心血，投入大量精力，才能把自己满意的作品萃集成为具有一定社会影响力的正式出版物。很多在煤矿企业宣传部门工作过的新闻干事或通讯员，把自己许多年来见诸报端的新闻作品集纳成书，以作为企业发展的轨迹和个人成长的印记，这足以为历史留下一个闪光点，说它映照时代、留迹汗青也不为过。

最初我以为，效梅传来的书稿是新闻作品集。因为我在煤炭报社工作的时候，她采写了不少企业新闻，写出通讯报道后邮寄到报社编辑部，我作为版面编辑曾给她编发过若干稿件，这样就先从电话里认识了。有一年，效梅应邀到北京参加新闻研讨会顺便来到报社，我与她匆匆见了一面，感觉她很年轻，精神饱满，很干练的样子，流利而略带冀北口音的普通话抑扬顿挫。二十多年过去，现在她要精选一批作品出书，这是件大好事，当然向她表示由衷的祝贺。及至看过书稿，我才知道，她要出版的是散文作品集，而且大多是抒写亲身经历、走心励志的纪实性散文。

散文的魅力，也是最能打动人心的地方，就是记事言情，直抒胸臆。纪实性散文尤其如此，来不得虚拟事物、华而不实、矫情为文，文学界将其划入非虚构写作范畴是颇为恰切的。从效梅的散文集可以看出，她的作品语言朴素，叙述平实，真情流露，直抵内心。她的多篇散文都以自己的矿工家庭为背景，秉笔直书，毫不掩饰地写出了自己近乎困苦的人生经历和复杂的情感，给人留下深刻的印象。效梅是个养女，自幼被抱养到矿工家庭。长大后接了养父的班到煤矿工作，再后来与一位煤矿青年谈婚论嫁，组成家庭，可以说，是典型的矿山女人。等到把女儿培养成为社会有用的人才，她也到了退休的年龄。

张效梅出生于20世纪60年代之始，正值国家“困难时期”。她的命运因此而彻底改变，父母把她送与她人抚养，以致她再也没有见到自己的生身父母。为了不伤养父母的心，她也从没有提出寻找生身父母之念。这里要承受多大的情感纠葛和心灵创伤啊。在散文集里，张效梅还叙述了企业下岗、自主择业、竞争上岗、艰苦创业的经历和亲人离世的悲痛，折射出了人心向善、家庭变故、企业改革、社会变化的一个个缩影。她把生活中的不幸和困境当作砺石，一次次痛苦甚至滴血的磨砺后，咬牙挺身而过，再步步前行。

效梅感恩生命，虽遭受苦难而不怨，在许多篇章的结尾部分，她都说自己是“精神的富有者”，她更把亲人和朋友的关怀视为“恩赐”。

在似水流年里，经历了养父母和丈夫相继病逝之痛的她，放开心扉，从人间烟火之家走出去，抵达一个以文学为寄托的精神家园。

“让文学照亮生活”，这是中国作协主席铁凝说的暖人心、励心智的话。是的，文学或许改变不了一个人的生活处境，但可以改变人的精神，使之成为点燃希望、照亮人生的火种，给人以提升生活的勇气和力量。张效梅把散见于报刊的文字，如珍珠一般贯穿起来，集束成生活的星星火光，直到退休之年终于收获了分量不轻的文学果实。她几十年来的文学坚守，得到家人的支持，这在煤炭企业处于改革阵痛、矿工生活陷入困境的时期，确是难能可贵的。而艰辛也罢，贫困也罢，年长也罢，只要把文学放飞到自己的精神家园，心灵就有了一个沉稳的安放之所。

张效梅还年轻，做出这样的生活选择，作为执著于文学梦的煤矿人也是不多见的。而怀有文学梦想的人只有不计功利地走下去，在生活的沃土上深耕细作，开垦出属于自己的一片文学天地，构建好自己的精神家园，才能不负生活的磨砺，不负生命的恩赐。

谨以此与效梅共勉。

二〇一九年十一月七日 于北京平安嘉苑

目 录

Contents

直言不讳

居安思危

职场经历

随感随笔

真情流露

良师益友

人生感悟

人生经历

◎我的身世

◎我的一次手术经历

◎邂逅“小偷”

◎生日快乐

我的身世

我是一个养女。对此，我从记事起就开始有所感觉。然而，我的生身父母究竟姓甚名谁、如今他们是否健在等等一连串的问题，直到已近不惑之年的我一概不得而知。

1993 年养父去世后，面对患有脑血栓而且言语不清的养母，已经很难明确我的身世。再者说，养母即使能够表达，我也不愿意让她老人家在不情愿中，因为此事而伤害了我们之间那种“不是亲生却胜似亲生”的母女感情。

然而，我又不甘心让自己在模糊不清的身世中度过一生。为了消除这种种疑虑，1994 年 8 月，也就是在我峰峰矿务局就读成人职工中专毕业回矿工作之后，便暗自决定瞒着养母，对自己的身世做一次侧面调查。

1994 年中秋节，按照惯例，我的一位堂哥从县城到煤矿家中探望养母，临别时，我向哥哥提起此事，他欣然答应。没过多久，哥哥通过电话告知已经与我的亲姨妈（生母的姐姐）取得了联系。又过了几天，哥哥从家中给我打来电话，约我于近日到县城姨妈家与我的一个同胞妹妹见面。

这天上午，女儿和我带着礼品一同前往。

到了姨妈家，寒暄之后，姨妈向我介绍了从保定家中前来探亲我的同胞妹妹，并以一个长辈的身份，向我讲述起当年出生后我的一些坎坷经历。

姨妈告诉我："你是 1960 年某月某日出生，属鼠。你出生之后，由于你的生母体弱多病，不仅没奶而且体力不支，看情形实在难以将你喂养成人。而我恰好在你出生的头一天生下了一个男孩儿，比你只大一天，你应该叫他哥哥。当初，我一心想帮你妈把你喂养起来，但只因你这个哥哥特别能吃，奶水不够。无奈之下，你父母才想方设法将你寄养在别的人家。然而，陆续给你换了四个奶妈，都因你的哭闹不止而未能将你留下，而到了现在你的养母家中，你总算安定了下来。起初，说好是暂时寄养，等到你长大些后就接回家。没想到，你的养父母对你越来越宠爱，等到你爸妈去接你时，你养父母就会把你藏起来，不肯见面。就这样，随着你渐渐长大，你爸妈通过侧面打听，都说你在养父母家中生活得非常幸福，他们也就放心了！久而久之，也就放弃了认领你的念头……"说完这些话，姨妈停顿一下，又特意补充了一句："当初，往外寄养你，真的是没有其他更好的办法！"我知道，姨妈强调这句话的言外之意，是希望我不要埋怨和记恨父母当时无奈的选择。

随后，姨妈让我与妹妹单独到另外一间屋子叙旧、交谈。

妹妹带着我和女儿来到了姨妈家的里间屋子，望着眼前我的同胞妹妹，除了感到陌生之外，没有任何感觉。我内心在想，或许是从小没在一起长大的缘故吧，虽说我俩属于同胞姐妹，体内流淌着的是同一对父母亲的血液，如今首次见面，却丝毫没有那种无比亲切的感觉，似乎与陌路人见面没有什么不同之处。

落座之后，双方都不知道从何说起，一时间，显得有些尴尬。

我首先打破僵局，带着一种很不习惯的口吻问道：“父母亲……现在身体都还好吧？”

妹妹回答说：“爸妈身体一直就不是很好，几年前，就已经陆续离开了人世，而且都是在保定我的家中去世的。”

紧接着，妹妹向我讲述了一些关于我和父母亲的事情。

她说：“咱妈一直都想着去认领你，只是一直没得机会。而且，她还将你小时候曾经历过的五个奶妈的姓名及其住址全部记在一个小本子中，并且一直保存到现在……”虽说听着“咱妈”有些别扭，然而，得知此情，我还是禁不住流下了眼泪。同时，我也为今生没能见过自己的亲生父母而深感遗憾！

随后，妹妹从桌上拿起一张已经有些发黄的全家福照片让我看，并且一一介绍道：坐在中间的是爸妈，后边并排站着的是大哥和二哥，站在爸妈身边的是眼前的妹妹。无疑，我在家排行老三。

仔细端详，照片中的父母长得很是慈祥。这次来姨妈家之前，据我的堂哥电话中告知，生母在职时，一直从事小学教师工作；生父姓“石”，曾经在法院做过文案工作。如今，通过这张旧照片，我对自己的生身父母总算有了一个感观上的印象。

揭开自己身世秘密的同时，也消除了种种疑虑，我如释重负。随即，同姨妈和妹妹告辞。

回到家中，当我第一眼看到身患脑血栓言语不清慈祥而善良的养母时，倍感亲切！同时，感觉她老人家坐在床头带着微笑凝视着我的眼神儿，似乎她已经看穿了我此行的目的？转念一想，无论养母知道与否，只要她不对我提及此事，我也绝对不会在老人家有生之年刻意去捅破这层“窗户纸”，因为，我从内心不愿意让她的内心为此而受到丝毫的伤痛，哪怕只是隐隐作痛……

随即，我默默地抚摸着养母含辛茹苦带我长大成人那粗糙的双手，脑海里再度浮现出自己出生后的情形，以及坎坷且颇带传奇色彩的人生经历，顿时，一股暖流传遍全身。此时此刻，我在内心高声地呐喊：“妈——，您就是我今生今世最亲、最爱的母亲！！！”

公元 2007 年 4 月 24 日，我最最敬爱的养母，最终，还是带着我身世的“秘密”离开了人世，享年 83 岁。

写于 2009 年 11 月 8 日

我的一次手术经历

时间过得飞快，转眼之间，我人生的一次手术经历已经过去整整两年了。

那是 2007 年 6 月，按照惯例，煤矿医院为全矿在职职工进行体检。经过检查，得知我的体内患有胆结石，确切地说，就是在我的胆囊上长有 6mm 大的结石。虽然，这块结石日常并没有让我感到过多的不适，只是偶尔出现胃痛、胃胀和消化不良。查出患有胆结石之后，通过上网查阅资料得知，这些现象均是因为胆结石所致。

当初，根据在大学就读女儿的多方打听，并从网上查阅相关资料，我又通过医院向医生进行详细咨询，得知：现如今，还没有研发出能够消除结石的特效药，只有手术，而且目前较为先进而有效的就是微创胆囊切除手术。如果选择手术：一是发作前，二是发作后。

当初我想，毕竟结石是人体内需要排除的杂质，而且，随着时间的推移会逐渐长大。假如不及时排除，它在我的体内存在一天，我的内心就会一天不得安宁。如若等到发作疼痛后进行手术，一是条件不允许，二是我也等不及。

因此，我下定决心必须尽早根除这个隐患，并且果断做出决定进行微创穿孔胆囊切除手术。

毛泽东曾经说过：不打无准备之仗。首先，我通过一位要好的朋友确定了主治手术医师和麻醉师。其次，安排好手术陪护人选和充足的疗养时间。

万事俱备之后，为了少耽误工作，我选择了 2007 年国庆节放假期间进行手术：

10 月 1 日入院，进行术前整体体检，并由丈夫对手术意外进行签字；

10 月 2 日上午九点，我在女儿、丈夫以及邀请的邻居好友陪同下进入手术室，自注射麻药麻醉之后，历经五十分钟手术顺利结束，待我被推回到病房清醒时，才感觉伤口有些隐隐作痛；

10 月 3 日，在医院输液一天；

10 月 4 日上午出院，回到家中进行疗养。

短暂三天的手术经历，给人一种“快刀斩乱麻”的感受。

回想当初，虽说这是我人生中经历的第一次手术，但是，自始至终我竟然没有丝毫的紧张、胆怯和恐惧。或许，这就是主动与被动的区别吧！

由于准备充分，本次手术非常成功！

为此，我由衷地感谢陪伴我手术的女儿、丈夫和朋友！感谢手术前曾经帮助并为我付出的每一位朋友！正是你们的鼎力相助和陪伴，才让我坦然面对手术中会带来的种种风险，并且顺利地度过自己人生的第一次手术经历。你们的大恩大德，我终生难忘！

写于 2009 年 11 月 16 日

邂逅“小偷”

那是2004年的一天上午，由于新楼装修，我坐中巴到离家将近四十公里的建材城购买装修材料后，已临近中午12点钟，便来到当地步行街一家快餐店就餐。

当我简单买好饭菜与手提包一并放到紧靠柜台的第一张饭桌上时，发现该饭桌刚吃过饭尚未清理，显得不够卫生，恰好看到前边一张桌子刚好收拾干净，环顾四周已经没有几个就餐人，心想在七八个站成排的工作人员眼皮底下，总不会有人拿走我的提包吧，随即，便将饭菜端起挪放到了紧挨着前边干净的饭桌上，当我回头再取包时，提包已经不翼而飞。

我好生纳闷儿，是什么人竟然在柜台前七八名工作人员的眼皮底下做如此下流的举动呢？我抬头再观察柜台那些工作人员时，从她们注视我的目光中，似乎意识到她们已经看到了刚才发生的一幕。此刻，其中一位年纪稍大一点的大姐朝着右边的侧门给我使了一下眼色，我心领神会赶紧向侧门追赶，刚走过一排桌子时，发现我的提包已经放到了这里的一张椅子上面，提包拉锁已被拉开，再看里面的东西，钱包不在了，庆幸的是钱包里面仅有买材料剩下的30多元钱，遗憾的是钱包里面放有朋友的几张名片和购物票据，而包内的手机和其他物件均未丢失。

此时，柜台前几位工作人员关切地询问我丢了啥东西？丢钱了没有？丢了多少钱？我说：“谢谢你们的关心，没什么，只丢了 30 多元钱。”听我这样说，她们都为我深深地松了一口气，其中一位大姐小声儿叮嘱我说：“以后到这里吃饭千万要小心，这里面的人员复杂，钱包绝对不能离身。刚才我们也看到那个小偷在拿你的包，只是不敢管，那些小偷都是社会上的小混混儿。”闻听此言，我才恍然大悟，原来如此呀！

当我带着侥幸和遗憾坐到饭桌开始吃饭时，身边就餐的一位大姐似乎也看到了刚才的情景，她一边吃饭一边与我说着以往这里发生过的被盗事件。

正说着，从我身后走过来一个小伙子，将我刚才遗失的钱包顺手扔到我吃饭的桌子上面，随即昂首挺胸地一直朝前走去。我莫名其妙地上前拉住他随口问道：“哎，你这什么意思啊？”他一副不以为然的样子回答道：“没啥意思。”说着，便大摇大摆地直接走出了餐厅。随后，我打开钱包查看，发现除了其中的 30 多元钱不在以外，其余的名片、票据等原封不动地返还于我。这时我想，大概这些小偷只是缺钱花了吧。

事后我在想，从这些小偷的行为来看，他们已经不可以称之为“小偷”了，其实，他们是一些在光天化日之下扰乱社会治安的小团伙。

从此，我再也没敢光顾过这个快餐店……同时，也让我懂得了：切不可用善良之心去衡量这个复杂的世界！

写于 2010 年 3 月 11 日

生日快乐

按照新时代生日习俗，今天是我年满58周岁的出生纪念日。如今的我深切感受到：在上天的佑护和宝贝女儿的眷顾呵护下，我没有理由不感到快乐！

今年，女儿又在我生日即将来临之际，便提前给我购买了生日礼物——具有七大功能、拥有私家按摩师呵护的按摩椅。每每享受，都会感到别样的贴心和惬意！

说起我的生日，由于非同一般的身世使然，还真是有些复杂。而最终确认1960年2月18日的出生日期，是我于1994年邯郸委培进修毕业回矿后，通过对家住县城我的亲姨妈（即生母的姐姐）见面核实之后，最终得到的较为准确的出生纪念日。

其实，说确切也不是很确切。因为，老一代所说的生日都是指农历，而如今的人们都是指公历。对此，我也不想再深究细查，从此，每年便将公历2月18日这一天，默认为自己的出生纪念日。而此出生日期，与我养父母家中原始户口的生日大相径庭，不相吻合。

六十年代之前出生的我们这一代包括我们的长辈，一般人家中，或许是因为子女多、经济条件所限，对于过生日意识比较淡薄。从我记事起，左邻右舍包括老人、小孩儿，从未听说过哪家要给某某过生日。虽说养父母从小对我疼爱有加，经济条件也比较富裕，但也从未提及“过生日”之事。所以，从小在我的脑海中，压根儿就没有“过生日”这个概念。直到现在，如果不是女儿每年总要送我生日礼物或者发红包，一般情况下，我是不会记起自己生日的。

在我的记忆中，好像是从国家实施“一胎化”政策之后，也就是我们这些六、七十年代的人，才开始实行起给孩子过生日。因为，毕竟一对夫妇拥有一个孩子，毋庸置疑，家家户户都会视为珍宝，无论贫穷还是富有，也不能亏待了自家的宝贝儿。虽说不是特别隆重，但至少也要在宝贝生日当天，全家人吃上一顿“长寿面”，家庭条件宽裕的也会赠送几件宝贝比较喜爱的衣服或者生日礼物。

我和丈夫由于从小给女儿过生日已经成为习惯，虽说我们自己的生日总不记在心上，然而，宝贝女儿的生日我们永远都不会忘记，或许，这也算是一种心灵感应吧！

伴随着人们生活水平的提高，现如今，不仅家长要给儿女过生日，待儿女长大后，为了表达孝心，晚辈也会给长辈过生日。由此，“过生日”便成为每个家庭的一种时尚。从某种意义上来讲，我认为，这也是我们中华民族尊老爱幼的传统美德，值得提倡和弘扬！

在职时，我所在的全民所有制股份企业有限公司领导，为了体现人性化管理，就曾经连续数年由工会牵头儿给每个职工“过生日”，首先，工会按照每位职工身份证获取生日信息，每当有职工的出生纪念日，就会在矿区设置的电视大屏幕上显示生日职工的姓名和祝福语，好友看到后，也会为其点播歌曲，送上一份生日祝福；其次，工会将预定的生日蛋糕赠送给职工。假如当天职工休假未能上班，工会就会派人上门为职工赠送生日蛋糕，表示祝福。此举不仅增强了干群关系，而且也促进了矿区的稳定与和谐。

至此，让我想起一首歌曲《感谢你》，其中的歌词最能表达我此时此刻的心情——感谢明月照亮了夜空 / 感谢朝霞捧出了黎明 / 感谢春光融化了冰雪 / 感谢大地哺育了生灵 / 感谢母亲赐予我生命 / 感谢生活赠友谊爱情 / 感谢苍穹藏理想幻梦 / 感谢时光长留永恒公正 / 感谢你　我衷心谢谢你 / 我忠诚的爱人和朋友 / 感谢你　我衷心谢谢你 / 这旋转不息蔚蓝色的星球 / 感谢收获　感谢和平 / 感谢这一切一切这所有 / 感谢这美好的所有！

写于 2018 年 2 月 18 日

童年记忆

◎我的童年时代

◎疯嫂子

◎难忘的同学聚会

◎您好，我的启蒙老师

我的童年时代

1960年，我出生在一个城镇市民家中。我的生母在怀孕期间因身体有病而服用了大量药剂，使出生后的我身体极度虚弱，不得已的情况下父母只好四处打听为我寻找奶妈。生于60年代的我一出世就遭遇饥荒，先后找了四家奶妈却终因缺乏营养一天比一天瘦弱而被陆续退回了家。当时，体弱多病的母亲面对几近夭折的我和一家五口的艰难生活，决定继续为我寻找归宿。父母亲经多方打听又把几经周折已近两周岁的我，送到了远离家乡的煤矿——如今的养父母家中。那年养母35岁，比养父整整小10岁（养父前妻病故，养母为后续），由于养母未曾生育，身边无儿女，所以对于我的到来，养父母非常珍惜。兴许这就是缘分，在前四个奶妈家中我总是哭闹不停，而到了养母家我却异常地乖巧。或许是上天的安排，将这样三个人先后以一种奇特的方式组合到一个家庭，成为大千世界的家庭细胞，并在生活中演绎着人生。

吃百家奶长大

到了养父母家中，看着已近两周岁的我仍然不能行走，他们心急如焚。在经过医生诊断我只是缺乏营养而无其他任何疾患后，他们悬着的心才平静下来。然而，对于养母这样一个未曾哺养过孩子的人，再加上60年代全国处于供给不足的困难时期，想给像我这样极度缺乏营养的幼儿补充大量营养品实属不易。在这种情况下，我一方面靠的是邻居大娘、大婶供应的少量奶粉来接济，另一方面是养母凭借她在街道中极好的人缘儿，大家到处打听谁家刚刚生了小孩儿，就把我抱去与人家的孩子分吃几顿奶。就这样，我吃着百家奶长大，并在养父母的精心呵护下，身体逐渐地健壮起来。由于幼年时的遭遇，六七岁的我真有点像小萝卜头儿的样子。

幸福的家庭环境

在那个多子多孙、养儿防老的年代，像我们这样的三口之家并不多见。养父在煤矿的地面运输区工作，每月 60 元的固定工资收入，养母没有工作，因家务少被居委会任命为街道委员，虽说不挣工资，但是整天忙忙碌碌。那时候，像我们家这样人均 20 元的固定工资收入，相对人口多的家庭也算得上是富裕户了。养父母将好不容易养活过来的我视为掌上明珠，真是“含到嘴里怕化了，举到头顶怕摔着”，特别是养父对我简直到了溺爱的地步。我能够生长在这样一个不愁吃、不愁穿的幸福家庭，着实令那些一家好几口人的同龄者羡慕不已。

融洽的邻里关系

在那个年代，家庭住房基本上实行分配制度。我们这三口之家被分配与一对儿女不在身边，且比养父年长的老年夫妇住在三间房中，即两家各一间卧室且同走一间堂屋。就是这样的居住环境，两家人之间从来没有红过脸、拌过嘴，并且关系相处十分融洽。两个家庭每天在一间堂屋内做饭，遇到费事或者是稀罕饭就伙做、伙吃，有了好吃的东西也要相互赠送。对于人口多的家庭，谁家缺衣少食，养母和邻居大娘都会伸出援助之手热心帮助。冬天到了，当她们看到家里人口多的孩子没钱买衣服甚至有的还赤着脚，就主动把自家不穿的衣物送到家中。由于我家经济上比较宽裕，常常有邻居到家中借钱。只要有人向养母张开口，她一概答应，从来不驳别人的面子，即便手头没有钱，哪怕她再向别人先借上也绝不让开口的人空着手回去。邻里间，无论谁家有困难，只要打声招呼对方就会尽全力帮忙。看到我家和邻居大娘家老的老、小的小挑水很吃力，在对门儿住着的喜子哥，每次给家里挑水时总不会忘记给我们这两家把水缸挑满。

活跃的生活气息

童年时代的我，没有现如今孩子们的压力。上学时，大家结伴而行，每天轻松地上学，日常的作业都是在老师的督促、指导下在学校完成。下午放学回家后吃过饭，同龄的孩子们就会主动聚集到一起，做一些自行创建且很有意义的各种娱乐活动，如女孩子玩的跳皮筋、跳绳、“捞鱼”、踢毽子、打毽儿，男孩子就玩儿撞拐拐、垒砖等，而且玩儿的是那样开心。然而玩儿归玩儿，家长安排的家务活儿也从来不耽误。我虽说是家中的“独生子”，但是并不像现在家庭中一个孩子那样娇气。我的养父经常上三班，而养母忙于街道工作，做饭、洗碗之类的家务活就落在了我的身上，从而让我自小养成了勤奋、不怕吃苦的良好习惯。

街道管理井然有序

由于养母做街道委员，所以我从小对此有着较为深刻的印象。记得在我很小的时候，母亲常常要工作到深夜，不是配合派出所人员查户口，就是调解个别家庭纠纷。在这种情况下，遇到养父上夜班，养母就提前把我哄睡后反锁在家里，等我半夜醒来睁眼一看家里空无一人，就会大声哭喊，为此，我没少让养母责怪。那时的街道委员，对于上级甚至中央的精神都能率先知道。像我这样的小学生，也没少同大人们一道做宣传工作，比如发个传单、挨家挨户宣传上级指示、到厂矿进行慰问等。

现如今，已过不惑之年的我，虽说不仅拥有一个美满幸福的家庭，而且还有一个称心如意的工作，然而，每当我回想起自己的人生经历，至今仍然让我流连忘返的是我幸福的童年时代，它让我从小感受到了世间人性的善良、家庭的温暖、邻里的和睦等一个个和谐的音符。

发表于2007年2月光明日报出版社出版发行的《我心中的和谐家庭》散文集中，并且该文荣获三等奖

疯嫂子

一

孔子曰："吾十有五而志于学，三十而立，四十而不惑，五十而知天命，六十而耳顺，七十而从心所欲，不逾矩。"

如今，已过"知天命"奔向"耳顺"年龄的我，每当回忆起往事，总让我挥之不去又记忆犹新的就是童年暑假时期的一段乡下生活，而且，每每想起农村那种潜在的乡土气息，内心总有一种别样的亲切、感动和留恋……

养父母身边只有我这一个女儿。因此，二老视我为掌上明珠，百依百顺。养父兄弟五个，他排行老五。所以，养父同大伯父、二伯父家侄子的年龄差不多。其中，一个叫作效尧的哥哥比我大将近三十岁，与养父母关系非常密切，来往也很频繁。而且，从小对我也是关怀备至，疼爱有加。

当年，效尧哥一家七口人，哥哥和嫂子养育着五个孩子，长女萍儿，次女秀敏，三女三儿，长子朝民，次子小五儿，秀敏与我同龄。全家人除效尧哥在县城从事钟表维修工作以外，嫂子和五个儿女全部都在乡下农村生活。而且，嫂子在十年前就患上了"精神分裂症"，每当心情不好时，就会漫无目的地谩骂。多年来，一直用药物来控制和缓解症状。之前，我并没见过嫂子，只是听养母提起过这个"疯嫂子"长得很是漂亮。

20世纪70年代初期，我十二三岁，上小学四年级。在城市长大的我，此时对乡下生活的好奇心更加强烈，临近暑假，在效尧哥到家做客时，便在他的支持下，向养父母提出要到乡下哥哥家中度假的请求，得到了养父母的许可。

二

暑假的第三天，效尧哥便到家中来接我。为了表示欢迎，与我同龄的秀敏也随同父亲前来迎接。两年前，秀敏与其父亲到家中做客时我俩曾见过一面，而且，效尧哥还带着我们到照相馆拍了一张合影，因此，我对秀敏的印象比较深刻。或许，一直想到乡下哥哥家中，这也是主要因素之一吧。

临行前，养父母给足了我度假的生活费，并且对效尧哥再三叮嘱，唯恐我受到丝毫委屈。我猜想，当初养父母最不放心的或许就是我那个“疯嫂子”吧！

我家距离乡下效尧哥家大约25公里左右的路程。当初，由于没有其他交通工具，效尧哥骑着一辆自行车，一前一后带着我和秀敏。临进村时，道路更加泥泞颠簸，我们只好徒步行走。上午十点从家中出发，经过两个多小时的行程，终于来到了效尧哥家中。

我一进门儿，嫂子叫了一声“梅儿”（我的乳名），就忙碌着做午饭去了。出乎我的意料，从嫂子干净整洁的衣服和外表来看，她除了面部表情有些呆滞外，基本看不出其他异样。仔细观察，嫂子长得确实漂亮，大约一米六五的个头儿，身材匀称。瓜子脸，尖下颏，双眼皮儿，大眼睛，只是白净的面庞因生病和长期服药而略显得有些憔悴并缺少血色。

不久，哥哥的长女萍儿从农田做活儿回来了，正在上学的三儿和朝民也都从外面回到家，小五儿刚刚不足两岁，在屋内玩耍并来回地跑着。

此时，嫂子已把午饭做好，开饭了。哥哥全家大大小小加我总共八口人儿，围坐在一张大饭桌儿旁，进入午餐。

效尧哥还说了几句开场白。他指着我对在座的儿女们说道："这位，就是你们的小姑，从今天开始，小姑就同你们一起生活。你们每个人都要热情地对待小姑，听到了吗？"

萍儿和三儿相视后对我笑着点点头并异口同声地说："听到了！"

朝民也附和着说："听到了！"

小五儿听哥哥说话，也在一旁扯着嗓子大声喊道："听——到——了！"小五这突如其来的一声大喊，逗得全家人哄堂大笑。

秀敏与我最熟，对着我笑笑说："小姑，你到这儿，就跟在家一样，随便一些。"我客气地笑着点点头，算是做了回答。

此刻，我看到，坐在哥哥身旁的嫂子，既不说，也不笑，只是安静地一边吃着饭，一边照看着小儿子小五儿。

我心想，在家中，每天吃饭最多也就养父母和我三个人，如此热闹的场面，我感觉特别得新鲜和好奇，同时，也感到兴奋。从今天开始，乡下的暑期生活，就在这愉快的欢声笑语中开始了！

三

哥哥家并排三间坐北朝南砖混结构的房子，两边为寝室，中间堂屋为厨房、餐厅。晚上，哥哥和嫂子与朝民、小五儿在右侧房间休息，我同萍儿、秀敏和三儿一起睡在左侧房间。

每天早晨，效尧哥五点就要起床。因为，他在县城上八点班，从家中骑自行车需要行驶将近5公里路程。随后就是嫂子，她早晨要给上学和务农的儿女们做早餐。现在虽说已是暑假时期，但长期的饮食习惯已经形成了惯例。

吃过早餐，一家人各干其事，家中只剩下我和嫂子、小五儿三个人，我一边哄着小五儿玩耍，一边做着假期作业。每当嫂子进屋看到我在做作业，便会默默地把小五儿领到另外的屋子去玩耍。她虽然没有表白，但我十分明白，嫂子是担心小五会影响我做作业。

一连五天，我看到嫂子每天都在变着花样儿做饭，唯恐我不爱吃。这天，或许是想不起该做啥我喜欢吃的饭了，就开口问我说："梅儿，你在家最想吃啥饭啊？"我笑着回答说："嫂子，我在家白面、大米已经吃腻了，现在特别想吃您做的玉米面馍馍、高粮米饭这些粗粮了！"嫂子听我这样一说，感觉到我不会挑食，也就放心了。日后，她也就不再为做饭而发愁了。

每天，萍儿都会从农田带回一些在城里买不到的蔬菜，比如甜菜、苦菜，还有从菜园中摘下极其新鲜的黄瓜、豆角、茄子、小葱等等，吃起来既清新又有味道。

闲暇时，效尧哥吩咐秀敏带着我到几位亲戚家转转，每到一家，他们都会热情地给我从果树或者菜园中摘下新鲜的瓜果让我品尝，那种亲切感令人难忘！

时间过得飞快，一眨眼半个月过去了。这天，秀敏非常好奇地对我说："小姑，不知为什么，自从你来家后，我妈的病似乎好了许多，这么久了，一直没听到她骂街。之前，她经常隔三差五地会站在院内漫无目的地谩骂。”

是啊，我也觉得很奇怪。我到哥哥家中，嫂子不仅没有谩骂，还默默地为我做着一位精神病患者所难以想象的事情。随后，我把家人出门儿时嫂子的言谈举止告诉秀敏，一家人都为嫂子病情的好转而由衷地高兴！

事后，我一个人在想，或许，这就是一位农村妇女朴实无华而内心强大性格的充分体现吧！

二十天后，暑假即将结束，我向哥嫂及其家人告辞，准备次日启程回家。

嫂子听说我明天就要回去了，她表现得有些异常，在我整理作业时，她坐在我身旁，既不说也不笑，只是默默地看着我。从她的眼神儿中，我似乎读懂了一些什么，便对她说："嫂子，明年放暑假我再来看您，好吗？"只见嫂子轻轻地点了点头，起身走了出去。目送嫂子离开的背影，一股留恋之情，油然而生！

四

时隔十几年以后，朝民考入财贸大学，毕业后分配到县城银行工作；小五儿考入海军学校，毕业后成为一名海军战士；秀敏考进师范大学，毕业后成为一名县城教师；三女儿继承父业，顶替父亲从事钟表维修职业；萍儿嫁给一位果农后在果园就职。效尧哥同嫂子也搬到县城住进了一幢新建的银行家属楼，子女全部成家立业，一家人其乐融融，尽享着天伦之乐！

看到效尧哥一家如今的幸福生活，让我切实感受到"父爱如山，母爱似水"这句话的真实内涵！

九十年代末，我携同丈夫和女儿前往县城探望哥嫂。进门后，嫂子一眼认出了我并叫了声我的乳名之后，就坐到一旁依然如故地默默无语。据哥哥介绍说，如今的嫂子不再谩骂，但已失去了自己做饭的能力。然而，她能够独立行走到县城方圆千米之内居住的几个儿女家中串门儿，并且独自回家，哥哥不在家时，她就会徒步随便到某个儿女家中吃顿饭或者到附近饭馆吃两张肉馅儿饼，然后，独自回家。多年来，从未出现过走失现象。

2009 年元月的一天，我从秀敏的电话中得到了嫂子病逝的消息，同丈夫赶往悼念时，家人已经办完后事。据说，嫂子是半年前身患癌症晚期最终医治无效离世，享年 72 岁。

当我望着嫂子的遗像时，心潮起伏，久久不能平静。因为，一直以来，我从未感到她是一位精神病患者，而是从内心对她充满无限的敬仰！

嫂子，你是一个伟大的母亲！

是你，在默默之中，承担起了养育五个儿女的重任，并且，把他们养大成人；

是你，在默默之中，用朴实高尚的情操给儿女们做出了榜样，使他们能够健康成长；

是你，在默默之中，撑起了社会的脊梁！

嫂子，安息吧！

你将永远活在我们的心中！

发表于 2016 年 4 月 11 日《文悦圈》

难忘的同学聚会

或许，是我从小生长在独生子女家庭的缘故吧，平日习惯于清静和独来独往。2014 年退休之后，仍然保持上班时的规律生活，每天除了一日三餐、清晨定时到公园同姐妹们跳操做健身锻炼、顺便上街购物或办理业务、晚餐后户外散步以外，闲暇时，总喜欢在室内恬静安逸的环境中通过电脑进行写作。遇到刮风下雨或雾霾等恶劣天气不能户外活动时，便会在家中，要么读书，要么看报……

虽说从内心很喜欢“微信”这一大众化平台，然而，由于时间安排紧凑，每天从早忙到晚，总也没时间光顾朋友圈儿，更抽不出时间与群友们聊天儿，只是逢年过节转发一个感觉比较好的祝福链接，算是跟群友们打个招呼。久而久之，被诸多同学、好友拉进的数个群中的我，便成为了一名“挂职成员”。而且，伴随着年龄的增长和时间的推移，总感觉时间越来越不够用，一周的时间简直就像闪电般一闪而过，转瞬即逝。因此，就越发感觉到时间的宝贵，进而也就越发的珍惜，从内心中，不愿意让这极其宝贵的时间在自己无所事事中白白流逝。

今年八月底，我的发小同学印香，再度将我拉入一个名为“四亩地·同学情”群中。进群后得知，这是一个由小学同学组成的同学群，班长树兰为群主，刚刚建群三天，已经联系到二十名同学进入其中。

人常说：十年，弹指一挥间。然而，对于我曾经的小学同学来说，许多自 1974 年小学毕业后，迄今为止已有四十三年没有联系也不曾谋面，甚至还有毕业前转学的同学时隔更久。即便偶尔在哪里碰到抑或擦肩而过，只因年龄跨度较大，彼此之间互不相识，最终也就变成了陌路人。

也许，人到了一定年龄都喜欢回忆童年往事。抑或是好奇心驱使，自从加入这个小学同学群后，在我以往的文学圈内以及同事、初高中同学等十几个群中，“四亩地 · 同学情”这个群，就像似一块磁铁一样深深地吸引着我。我认为，之所以如此，是因为既为发小同学，毕竟有着“父一辈、子一辈”的情怀在其中。在这个群体中，我和每一位同学一样都是怀揣着诸多的疑问和牵挂……

是啊，
四十三年了。
冥冥中，
似乎有种穿越时空的感觉。
跨越将近半个世纪的同学们啊，
你们现在过得好吗？
家在何方？
小学时的模样儿变了吗？
儿孙们也都好吗？
……

自从入群以来，虽说我每天日程安排紧凑，没空儿和同学们聊天儿，但是，只要从户外回到家中，第一要务就是先打开手机微信，一边做饭、做家务，一边倾听着同学们的语音聊天儿（俗称“爬楼梯”），这样，一方面，能够听到每个同学说话的声音，感到很亲切。另一方面，从中可以得知自己欲想了解的同学近况。

连日来，同学们聊天儿热情十分高涨，甚至二十四小时不间断。例如，有一位同学平时没事爱和邻居打扑克，晚上十一点左右回到家中打开手机，发现群中聊天已经上千条，为了不遗漏每个同学和每条聊天儿信息，同时减少第二天“爬楼梯”的高度，洗漱完毕躺到床上，这位同学便从深夜12点一直听到凌晨4点才听完，对于不清楚的地方便向群中发送留言提问，这样，起床早的同学看到就会进行问题解答。凌晨5点左右，伴随着一幅幅“早晨好”“大家好”“开心过好每一天”的问候图片，随即开启了同学聊天儿的又一天……

短短一周时间内，已经联系入群同学43名，其住址遍布全国各地，远处的有海南三亚、石家庄、呼和浩特、北京房山、香河、怀柔、天津、廊坊、包头、保定、张北县城等，近处的有张家口、宣化、下花园等。如今，通过“微信”这一公众平台，将这些跨越将近半个世纪而今身居五湖四海相隔数千里的发小同学聚集在“微信”群中，他们有着聊不完的话题，道不完的思绪。几天过后，热情高涨的“微信”语音聊天已经远远不能满足同学们的愿望，有同学提议择日见面聚会、合影留念、K歌聚餐，此言一出，得到了同学们的一致赞成！

让人意想不到的是拥有共同志愿且自发性的群众组织活动具有如此巨大的能量，不用首脑会议，不用开会动员，不用下文号召，不用官员指派，大家畅所欲言，各抒己见，群策群力。第二天，便确定了具体的聚会时间、地点、日程安排、AA制缴纳金额等，附近居住的同学纷纷主动请缨，筹备和布置聚会前的相关事宜，万事俱备，大家便期待着那激动人心的同学大聚会。

此次同学聚会定于2017年9月2日上午10点半，地点在下花园蓝鲸大酒店。聚会当天，远道而来的同学已经提前一天抵达指定美丽的聚会小城——下花园。她，即是多数同学的出生地也是读小学时的所在地。如今，无论各自远在何方，他们始终不会忘记儿时给自己留下过美好记忆的这座小城，因为，她所带给同学们的是一生的眷恋和思绪。

这天早晨9点，我从宣化乘坐中巴赶往下花园。途中，打开手机“微信”群，关注着同学们的动态，进而发现今天的群中格外清静，只因多数同学有的正在赶场途中，有的在为聚会而奔波忙碌，除早晨起床时的问候图片之外，只看到个别因种种原因不能前来参加聚会同学遗憾的短信和礼炮祝福图片，我趁机通过短信同他们进行着安慰和互动聊天。当中巴即将到达目的地时，脑海中想象着与同学们分别四十多年再见面时那激动人心的情景，不由得眼睛有些湿润……特别是记忆深刻且性格泼辣直爽曾经的小学女班长凤仙，她自小学毕业前转学后，我俩已有四十五六年未曾谋面，内心十分的想念。

我从中巴下车后，徒步来到蓝鲸大酒店，老远便看到酒店门口站着一位身穿淡蓝色衬衣、背着斜挎包文质彬彬的男士，只因我眼睛近视看不清楚模样儿，走近定睛一看，即刻认出是小学同班同学庆贺并脱口叫出他的名字，他也认出了我，随即说明他是专门在此恭候每位同学的到来。

在庆贺同学的引导下，我来到酒店四楼大厅，不知是哪位同学眼尖老远就喊出了我的名字，我和同学们一一握手、辨认、打着招呼，由于我们小学念书时分为两个班级，只要和我是同班或者居住地较近的同学，基本上一眼就能认得出来。看到凤仙，感觉她十分年轻而高雅，此次见面，我给了她一个大大的拥抱！

从我的记忆中，总体感觉每位同学除了不同程度平添了些许沧桑和发福之外，没有太大的变化。而且，之前从“微信”群部分同学近期的头像中，已经有了一个概念性的认识，所以，为此次聚会同学间的辨认减轻了难度。

紧接着，同学们相互间的拍照留念，将聚会推向了新的高潮。令人发笑的是我和印香虽说退休前在上、下级机关上班，每年总能见到几次面。退休后，由于各自忙于事物，住址又不在一个市区且相隔甚远，已经连续几年未能见面。因此，本想趁此机会单独合影留念。然而，只要我俩摆好姿势准备拍照时，总会有同学凑上来抢入镜头，致使我俩的合影愿望未能实现。还是美丽而精明的丽萍看出了我俩的心思，最终，由她陪同我俩即兴拍了一张三人照，内心总算得到些许慰藉。

短暂半个月的时间，这一同学群成员已经扩展到了62名。而且，同学们通过聊天儿、聚会，进而再相识，再认识。

如今，“微信”群中的同学们欢聚一堂，伴随着每天早晨的一声声问候和祝福，通过朗诵、唱歌、绘画、聊天儿等多种形式，不仅展示着各自的才华，也为社会传播着正能量。同时，也让我对“微信”这一大众化平台，有了更加深刻的认识。

在此，我衷心地祝愿“四亩地·同学情”群中的同学们，伴随着时间的推移，在进一步的相知、相惜中，情谊更加浓厚，友谊地久天长！

发表于2017年9月27日《文悦圈》

您好，我的启蒙老师

或许，人到了一定年龄总会怀旧或者联想，我也不例外。

比如，生活中，每当遇到季节时，我就会在内心默诵《二十四节气表》：“春雨惊春清谷天，夏满芒夏暑相连。秋处露秋寒霜降，冬雪雪冬小大寒。上半年是六廿一，下半年是八廿三。每月两节日期定，最多相差一两天。”

每当我遇到困难或者挫折时，也常常会想起保尔·柯察金关于生命的名言：“人最宝贵的东西是生命，这生命，人只能得到一次。人的一生应当这样度过：当回忆往事的时候，他不会因为虚度年华而悔恨，也不会因为碌碌无为而羞愧；当临死的时候，他能够说：我的整个生命和全部精力，都已经献给世界上最壮丽的事业——为人类的解放而斗争。”

而每当我在内心默诵这些永生不会忘记的至理名言时，脑海中就会联想起我们小学时的启蒙老师雷万明，随即，也总会回想起儿时那无忧无虑的美好时光……

时隔四十多年后，我深深地感受到：如今，我能够被中国煤矿和中国国土资源作家协会吸纳为作协会员，成为一个名副其实的作家，追根溯源，与我的启蒙老师雷万明小学时期的精心栽培是分不开的。

记得我小学四年级时，雷万明老师开始担任我们的班主任，而且直至升到初中，一直任我们的语文教师。

小学升到五年级时，我做语文课代表，除偶尔代替老师布置作业以外，主要是放学后负责收取同学们的作业本并交到老师的办公桌上。雷老师批改好作业后，上课时，他会对照作业的批改情况，一边讲解，一边将作业本发送给每一位同学。看到这种情形，我感觉老师前后来回的走动十分辛苦，便让每位同学放学时将作业本放到自己的课桌上，由我按照先后顺序进行收取。这样，不仅维持了课堂秩序还省去了同学们给我交作业的时间，更重要的是避免了老师前后来回发作业的疲劳。随之，受到了雷老师的课堂表扬和同学们的称赞！

有一天下午，身为长子的雷老师去探望距我家不远的父母亲，途中，遇到了我的母亲，不免提起我在学校的表现。当天晚上，在母亲与邻居大娘闲聊中，我才从母亲口中得知雷老师对我的评价。这天，雷老师笑着对我的母亲说道："你这个女儿可不简单，她善于动脑子，虽然表面上不善于表现，但她的内心世界非常丰富，就是说，她肚子里可有东西啦！以后，你就跟着女儿享清福吧！"那天，是我首次得知班主任老师对自己做如此评价，内心确实感觉美滋滋儿的。同时，也正是老师这样的鼓励，让我在日后的人生道路上得到了极大的激励和鞭策！

我从小喜欢文字，热爱读书，甚至有些多愁善感，常常会被文中的情节感动得泪如雨下。同时，也喜欢阅读和朗诵。阅读，对于上学时期的我来说，感觉就是一件幸事。每当上语文课听到老师叫道"张效梅，起来读一遍"，我会不失时机非常欣喜并且带着感情绘声绘色地进行阅读。

十几年前，有次参加同学为女儿举办的婚礼，餐桌上，一位女同学早已听说我在单位的文笔已经小有名气，她便提起初中时期每当上语文课时，雷万明老师总会把我叫起来先阅读一遍新学的课文，随后才开始授课。

对此，已经形成了一种惯例。而且，其他语文代课老师也是如此。记得初中时期，有位同学事后曾向我讲述过这样一次笑话儿。有一天，我因感冒请假没去上学，当天，是另外一位李老师代语文课。随着上课的铃声李老师进入教室，翻开新学课文，便说："张效梅，起来读一遍课文。"顿时，教室内鸦雀无声，随之，同学们一阵哗然。此时，低着头看着课本等待我阅读却又不明白同学发笑真相的李老师抬起头，才发现我并没在课堂上……

2017 年 9 月的一天晚上，我通过手机微信，在与由小学班长组建的四十多名小学同学群中聊天时，一位与我 1979 年高中毕业分别后、迄今已将近四十年不曾见面的女同学，得知我现在已经成为一名作家后，她非常高兴和直率地在群中对我说道："难怪小学时期雷万明老师就那么喜欢你，总让你站起来阅读课文，你还真的挺争气，没辜负老师对你的期望，最终，成为一位令人羡慕的女作家，还真得成了'气候'！我俩从小学、初中到高中都在一起上学，在我的印象中，你一直是一个品学兼优得好学生……"

时光荏苒，转瞬四十多年过去了。比我们年长的雷万明老师已将近八十岁高龄，而我们这些当年的学生，多数也都已经退休，即将步入六十岁花甲之年了。

回首四十多年的风雨历程，我曾饱经世间沧桑，练就了"宠辱不惊，闲看庭前花开花落；去留无意，漫随天外云卷云舒"的处世之道。如今，重新回归自然，回首驻足童年，让我深切地感受到：人生中那诸多不悦的过往，犹如过眼烟云早已随风飘散，唯有童年时的记忆却让我刻骨铭心，一生不曾忘记，并且，成为我人生中的导航和最美好的回忆……

感谢您，我的启蒙老师！

谢谢您，对我幼芽时期的浇灌和栽培！

谢谢您，让我在阳光的沐浴下茁壮成长和发育！

发表于 2018 年 8 月 8 日《文悦圈》

【后记】自 2018 年 8 月 8 日这篇散文《您好，我的启蒙老师》在《文悦圈》发表之后，在几位老同学的协助下，通过咨询我终于联系到了阔别多年的雷万明老师，并且通过微信将此文发送给老师。阅读后，雷老师还即兴在文尾进行了留言点评：看了效梅同学写的这篇优秀的文章，作为老师的我十分感动，也为有这样一位优秀的学生而感到骄傲！文章文笔优美朴实，让人回忆起了那曾经的温馨岁月，无比的美好！

2018 年 8 月 18 日这天上午九点左右，刚下过雨的天气可谓秋高气爽，我按照提前与雷老师电话预约的时间，乘坐中巴专程来到家中探望老师。

从窗户玻璃看到我抵达之后，雷老师笑容满面地为我打开家门，其女儿和小外孙女紧跟其后，非常热情地将我迎进家门。寒暄后落座沙发，我和雷老师开始了短暂的畅谈。

通过交流，感觉坐在我面前今年已经 78 岁高龄的雷老师，与四十年前相比，除了增添了些许银发和发福之外没有过多的变化。特别出乎预料的是雷老师的逻辑思维依然敏捷，提起小学时的其他老师和煤矿的老领导，他如数家珍，不比我这个小他二十岁的学生逊色。看到老师如此好的精神状态和其乐融融的美满生活，我由衷地为老师感到欣慰！

雷老师说，看过我的这篇散文之后，让他有种“无心插柳柳成荫”的感受。因为，当初他只是随心所欲，没有太多的想法。老师怎么也没有想到，他当初的这些举动对我竟然能起到如此大的作用。老师说，他现在都不记得《二十四节气表》的内容了，当他听了四十多年后的学生随口再次给老师十分流畅的背诵之后，我发现雷老师的眼圈儿有些发红……

婚姻/生活

我有一个好丈夫

我是一个养女，自打我记事起，就已经不是什么秘密，而且养父母身边只我一个女儿，因此，从小被视为掌上明珠。1983年，我24岁时，与下花园煤矿玉带山矿青年工人马铁柱结了婚，从此，命运将我俩紧紧地连在了一起。

1991年，我被邯郸市峰峰矿务局成人职工中专录取，学制为三年。上学深造是我多年来的愿望，当我即将实现自己愿望时，命运好像在故意捉弄我：母亲因患脑血栓半瘫在床上，父亲年纪又大，而且体弱多病，女儿刚刚8岁，上小学二年级。在这种条件下，去还是不去？丈夫马铁柱毅然支持我去读书，由他承担起家庭重担。

1991年9月的一天，我怀着一种担心与不安、痛苦与愧疚的心情，来到了异地他乡——邯郸市峰峰矿务局教育中心。到了那里，我才真正体会到了那种牵挂与思念的痛苦滋味。夜晚，不知流了多少泪。睡眠中，不知有多少次被梦境惊醒，白天上课时，常常被“走神”所困扰，每当此时，我就暗暗告诫自己：既来之，则安之，一定要以优异的成绩向家中的亲人交代。怕影响我的学业，他每次来信都是报喜不报忧。记得那是我刚到学校的两个多月后，从他的来信中，得知母亲的病情已有好转，从不能说话到可以说几个简单的词；从卧床不起到能够慢慢站立。这一事实，我简直难以置信。当时，我是在自习课上看这封信，看着看着，由于控制不住自己的感情，哭出了声，同桌问我发生了什么事情，我向她说明了原因，她深有感触地说："你有一个多么好的丈夫啊！"是啊，母亲病情的好转，是他四处求医和精心照料的结果。

在我离开家后，他就到处打听，寻医问药。当他听说距煤矿六十多里以外的一个小山村，有一位老中医专治此类疾病，就在一天下班后的下午四点半，爬山越岭，去找那位医生。路上，大风几乎将他刮倒，由于求医心切，他顾不得这些，到了老中医家，已经是晚上七点多，老中医听说来意看他走了这么远的路，被他的诚意所感动，免费给开了三副汤药的药方，并嘱咐吃后如见效下次再来。买回药，他亲自煎好，眼看着母亲将药喝下之后才肯离去。但三副药下肚，仍不见效。然而，他不甘心，又听说煤矿医院有位护士长，名叫刘凤英，业余时间通过针灸治疗此类病人，就请来为母亲医治。真是苍天有眼，母亲的病奇迹般地好了起来。他首先想到给远在他乡的我写了这封信，让我也尽快分享到这成功的喜悦。

1993年，当母亲的病一天天好转，逐渐可以下地行走时，78岁高龄的父亲又患上了食道癌，使刚刚平静的家庭又蒙上了一层阴影。对待父亲，他更是无微不至，精心照料。父亲想吃什么，他就给买什么，没有卖的，就让雇佣的人给做熟后，他一口一口地喂，直至咽下为止。父亲的去世使我们这个并不宽裕的家庭经济上更加紧张。因此，我提出不再继续读书，他坚决回绝了我的决定，希望我坚持到最后，并安慰我说："家里你尽可放心，我知道该怎么办。"

由于丈夫的支持、自己的努力，三年后，即1994年6月份，我以优异的成绩拿到了毕业证书，并且每一学期均获得下花园煤矿的一等奖学金，这成绩的背后凝聚着丈夫巨大的付出。

左邻右舍的婶子、大娘，被丈夫的行为所感动，他们经常伸出援助之手助他一臂之力。在我回家时，她们纷纷夸我的丈夫。她们说：自从你走后，小马除了每天坚持上班外，回到家做饭，给孩子洗衣服，辅导孩子做作业。孩子身上的衣服从来都是干干净净，不知情者，根本看不出孩子母亲不在家的迹象，对待老人就更不用说啦。听着邻居们的赞扬，我从心里高兴：我有一位好丈夫。在学校的毕业晚会上，我自豪的向同学们说：我虽是经济上的贫困者，但我却是精神上的富有者。

发表于《张家口日报》1996 年 10 月 5 日，该文为作者处女作

孤独的我如今很富有

我是一个养女，而且，是养父母身边唯一的独苗，从小可说是在“蜜罐儿”中长大。如今，已度过39个春秋的我深深体会到：人生就像五味瓶，酸甜苦辣咸，样样儿都会让你品尝。

记得那年我15岁，父亲在离家二里地的运输区罐笼记煤数。虽然是地面工作，但也曾有伤亡事故。父亲的一个工友在即将下班时，到罐笼煤仓附近小解，被上边掉下的一块大炭砸到头部而当场死亡，那次事故我印象极深。

一天晚上，上下午两点班的父亲半夜1点仍未回家。我和母亲非常着急。一向胆小的我，那天不知从哪儿借来的胆子，摸黑一个人跑到了父亲单位。刚到门口儿，父亲迎面走来，我扑过去抱着父亲说道：“爸，我怕你出事儿，我好害怕。”父亲摸着我的头，说：“孩子，别怕，我这不是没事吗？”从那时起，我觉得自己长大了。

有一年冬天，父母亲因生病双双住进了医院，刚上高中的我，一边上学，一边到离家将近十里地的煤矿医院照顾父母。母亲吃汤药，我在家里将药熬好后，翻山越岭送到医院。邻居们看到我瘦弱的身体，同情地说：“孩子，你太孤独了！”当时，我也在心里埋怨父母：你们为什么只抱养我一个人呢？如果多抱养一个该有多好啊！

1983年，我24岁时，同下花园煤矿玉带山矿青年工人马铁柱结了婚。从此，命运将我俩紧紧地连在一起。

1991年，68岁的母亲中风不语，半瘫在床。经过多方治疗渐渐可以下地行走时，1993年，父亲又患食道癌，不久，就离开了人世，终年78岁。连年的不幸遭遇和沉重的生活负担，使我心头的压力越来越重。

然而，使我能够得到慰藉的是有一位理解、支持、体贴自己的丈夫。在我俩结婚的14年里，无论从事业上还是从生活上，他都以超常的付出给我以支持和鼓励。为此，我从心底吟出：人生能遇一知己，足矣！

1991年，丈夫为圆我的上学梦，在女儿刚刚8岁，母亲半瘫在床、父亲体弱多病的情况下，使我梦想成真。

母亲患病的7年来，丈夫与我在为母亲多方治疗的基础上，一直为老人雇佣着一位大妈来照顾其饮食起居，对此，母亲十分满足。不幸的遭遇使家庭经济上愈来愈困难，我与丈夫每月500元的工资，对于这样一个五口之家，其艰难程度是可想而知的。但丈夫没有因为母亲的拖累而对我发过一句牢骚，也从未说过一句泄气的话。同龄人相继住进了楼房，而我家仍住着21.6平方米的平房。别人家拥有了电气化，而我家只有一台洗衣机，并且还是单缸。

晚上，我与丈夫劳累了一天后相对而坐。是的，14年了，我们这个家没有什么新的变化，然而，我俩有一个共同的感受，那就是：我们的内心深处都很充实，老人幸福就是我们的幸福。虽然，经济上我们是贫困者，而在精神上，我们却是富有者。

发表于《当代矿工》杂志1998年第3期

一剂“良方”丈夫当了俘虏

我与丈夫履行的是传统模式的恋爱过程。结婚后，伴随着女儿的降生、生活琐事的缠绕，双方时不时也发生一些口角。然而，最让我忍受不了的就是拌过嘴之后，丈夫那种“一人招惹，数人不理不睬”的生硬态度。

一次，我俩因为一点儿小事发生口角，正巧，看了一天外孙女儿的母亲送孩子回家。此时，他连声招呼都不打，满脸仍是不高兴的样子。只是母亲已经习惯了他的脾气，通过我的解释，也从不往心里去。但是，家里人怎么都好说，特别是邻居或朋友正巧前来串门儿，他也照样不搭不理，场面令人十分尴尬。为此事，我没少向人做解释、赔不是，甚至一气之下想与他分手。过后仔细一想，他这个人，本质好、心地善良、为人正直，高兴时还挺富幽默感，如果只是因为他的这一缺点弄得不可开交确实不值得。然而，夫妻之间哪有锅碗不碰的？一旦有些磕碰，他总这样也不是常事儿。

我知道，丈夫在父母面前是一个孝顺儿子，便决定利用他的这一优点来纠正他的缺点。于是，我便找到婆婆，把我的想法一说，得到了老人家的赞同：“是得治一治他的这个牛脾气，否则，人都得让他得罪光了。”

一天，丈夫刚刚与我拌过嘴后，婆婆到家来看孙女儿。要在以往，我会不计较刚发生的事情，马上打招呼、让座儿、热情接待，跟之前没发生任何事情一样。可是这次，我也学他的样子，招呼没打、座儿没让，而且满脸的不高兴，这样尴尬的僵局婆婆当然无法忍受，放下为孙女儿买的东西扭头离去。这样子几次下来，丈夫也觉得过意不去。事情过后，他问起我来，我笑着对他说："这叫以其人之道，还治其人之身。"

在婆婆和我的密切配合下，丈夫的脾气渐渐被扭转过来。以后，无论我俩之间在任何情况下发生矛盾、产生冲突时，其他人到家来，丈夫都会立即"多云转晴"，应付自如。许多人背地都说：他比过去热情好客了。

发表于《河北工人报》1999 年 6 月 5 日

丈夫的“小金库”让女儿如愿

我在丈夫面前从没提过他“小金库”之事，尽管我早就知道他还留了这么一手，对他这“一手”，我的态度是揣着明白装糊涂，不闻不问。但是，最近我却动用了一次他的“小金库”。

2001 年，女儿中考升入了一所重点高中，需要付一笔相当数目的预付金。我东拼四凑，却还不够。这时，我想到了丈夫的“小金库”。

这天，我故意摆出一副愁眉苦脸的样子对他说：“我是无能为力了，现在，就看你的了。”不出所料，第二天，丈夫就将 2000 元的缺口填平了。我知道，丈夫平生最怕欠债，这钱的来历我也就干脆不问了。

我想奉劝那些对丈夫的经济状况卡得太严的妻子，还是想开一点为好。只要你的丈夫是一个有责任心的人，就不要在乎他建个“小金库”，他无非是想对父母尽一点孝心，应付一些必要的场合罢了，“男人有钱就变坏”不过是一面之词，绝不能代表生活的全部真相。把钱管得再严，丈夫的心不属于你也是枉然。

发表于《河北日报》2001 年 10 月 18 日

小 屋

拥有一套楼房中的住房，是我盼望已久的夙愿。

2005 年 2 月 6 日，我的这一愿望终于实现了。新居虽然只有 80 平方米，两室一厅，然而，我为自己能在当地较为繁华、体面的地段上占有一席之地而感到由衷的欣慰。住进新居，在我感受到快乐的同时，对旧居小屋的怀恋之情总也挥之不去。是的，二十年的历史痕迹怎能轻易抹去，因为，小屋记载着我们三口之家的工作、学习和生活历程。

1984 年，我与丈夫结婚半年后搬进了小屋。此房是矿上照顾婆婆(遇难矿工家属)而分得的。老人家看我俩没处住，便将房子让给了我们。小屋为砖混结构，使用面积为 21.6 平方米，是两间平房。但在当时，由于矿区住房紧张，一对刚刚结婚的夫妇能够拥有这样的住所非常不易，着实让人羡慕。没曾想，这一住就是二十年。

记得搬进小屋时我正身怀六甲，1984 年的农历七月女儿呱呱坠地，为我们的生活增添了无穷乐趣。无儿无女的养父母将我拉扯大，终于有了外孙女，二老更是倍加关爱，尽享天伦之乐。然而，天有不测风云。在 1991 年女儿 7 岁那年，养母因患脑血栓导致半身瘫痪，从此，给我们这个家庭的生活蒙上了一层阴影。不得已的情况下，我们为养母请了一位保姆来照顾她的饮食起居，多病的养父在养母患病的第二年便离开了人世。养父的离去使我们在经济上更是雪上加霜。特别是在 1998 年至 1999 年企业临近破产时期，我与丈夫的月工资加起来还不足 600 元，而且连续几个月不开工资。看到同龄人陆续住进了楼房，而我们只能在这两间小平房中望楼兴叹。

狭窄的小屋给我们这个三口之家带来诸多不便。当看到与女儿同龄的孩子住进楼房，而且一个个拥有自己的小天地那种幸福的神气劲儿，再看看我们的女儿不仅没有自己的房间，而且在家连一个好的学习环境都不具备，我和丈夫的心里非常难受。然而，值得我们欣慰的是女儿没有因为这些而不愿学习，甚至连一句懊恼的话都没有说过。为了让女儿拥有一个好的学习环境，上初一时，我们便将她送进了离家较远的中学，且吃、住都在学校。由于受家庭环境的影响，住校期间，女儿想家但从不恋家，也从不与家庭条件好的同学比吃、比穿，小小年纪，她懂得节俭，从不乱花钱。2004 年女儿考进了大学，而且更加懂事。这让我真切地感悟到在逆境中长大的孩子其性格中所具有的顽强毅力。

我在单位是搞文秘和新闻宣传工作的，常常要爬格子，开夜车。当我思绪进入状态时，丈夫有时一声不经意的咳嗽，总让我浮想联翩。每当此时，我是多么希望拥有一个无人打扰的空间啊！同时我也想，丈夫上一天班非常劳累，晚上回到家想轻松一下，但为了不打扰我写东西，他常常不开电视。然而，除了看电视他又没有其他爱好。哎，真够难为他的。

进入 21 世纪，我所在的煤矿破产重组后焕发出生机，经济效益逐年提升，职工收入逐年提高，我家的生活也出现了转机。企业如雨后春笋般蒸蒸日上，单位有 300 多个员工购买了商品房。我和丈夫同在一个单位，而且拥有固定收入。同时，我也坚信：我们的企业，只要跟党走，日子会越来越好。虽然目前我们既要赡养80岁高龄的养母，又要供女儿读大学，但困难毕竟是暂时的。因此，我与丈夫商量后，贷款8万元购买了现在宽敞、明亮的新居，告别了狭窄小屋的拥挤生活，实现了多年来的美好夙愿。

小屋虽小，却是我和丈夫二十年来避风的港湾。

小屋虽小，却留下了我与丈夫为美好明天奋斗的足迹，留下了我们孝敬老人的传统美德，留下了我们培养女儿长大成人的点点滴滴。

小屋，是我们这个三口之家奋斗的历史，也是我与丈夫患难与共的真实写照。

发表于《中国煤炭报》2005年3月17日，而且此文荣获黑金子文库文学大赛二等奖

阳光总在风雨后

自2012年12月份家中发生巨大变故后，经历了丈夫绝症噩耗的沉痛打击、北京军区医院陪护时的忧伤以及最终失去丈夫悲痛的我，冥冥之中，就像似一个穿越星空之人带着遍体鳞伤的来到了另外一个世界，不断地在痛苦中挣扎、奋起和拼搏，并且，度过了一段近似漂流的居住生活。

2013年5月至2014年3月，为走出旧居带给我悲痛的阴影，在发小同学的帮助下，以月租金450元距离原址30公里处租到一套70多平米的八成新楼房。在此，懂我的女儿为我购置了整套全新家具，期间，在亲朋好友的陪伴下，我一边上班儿，一边疗养着心灵的创伤……

为了让我安度晚年，通过精心选址、策划，参加工作不足五年的女儿通过贷款共计耗资60多万元，为我购买了现在99平米的电梯楼房。

2014年3月至2015年1月，为方便装修，在朋友的帮助下，我又以月租金550元在邻近新小区旁边，租了一套二十年前70多平米的二层旧楼房。

在此期间，已经年满55周岁的我办理了正式退休手续，自5月份正式离开了三十五年的工作岗位，开始享受自由自在的晚年生活。

退休后，自2014年9月1日至12月底，通过女儿与装饰公司设计师以及施工单位历时四个多月的精心策划、设计、装修和朋友们的鼎力协助，我于2015年1月底正式搬进新居，享受到了乔迁之喜！现在我所居住的新楼房，无论地理位置、建筑结构、交通环境乃至装修风格及其消费水平，在小区抑或当地堪称一流。

坚强的女儿为了帮我走出阴影，她强忍痛失父爱的悲痛，精心录制了由她亲自翻唱的《阳光总在风雨后》歌曲，虽说女儿没有向我表明其录制这首歌曲的真正内涵，然而，女儿的用意，我这个做母亲的早已心知肚明。因此，每每聆听，都会让我感动万分！

人生路上甜苦和喜忧 / 愿与你分担所有 / 难免曾经跌倒和等候 / 要勇敢地抬头 / 谁愿常躲在避风的港口 / 宁有波涛汹涌的自由 / 愿是你心中灯塔的守候 / 在迷雾中让你看透 / 阳光总在风雨后 / 乌云上有晴空 / 珍惜所有的感动 / 每一份希望在你手中 / 阳光总在风雨后 / 请相信有彩虹 / 风风雨雨都接受 / 我一直会在你的左右——

如今，在宝贝女儿的抚慰下，随着时间的推移与流逝，我渐渐地走出了痛苦的阴影，并且不负众望，开始了人生新的幸福旅程！

写于2015年3月18日

直言不讳

◎应维护尊严

◎怎样给孩子过生日

◎女性当自强

◎惩戒要因人而异

在《工人日报》职业女性中，作者针对“下岗的路怎么走？”发表自己的见解——

应维护尊严

下岗了，别趴下，路就在脚下。然而，下岗的路究竟应该怎么走？湖南省洪江市公共汽车公司两位下岗职工的可耻下场告诉我们：行不义之道，发不义之财，只能是引火烧身，自我毁灭。

诚实劳动，是我们中华民族的优良传统，也是我们做人所遵循的本分。有道是：贫贱不能移，富贵不能淫，威武不能屈。这才是我们的民族气节。

下岗了，工作岗位失去了，但并不等于失去了做人的尊严，也不意味着永远丢掉了饭碗。下岗后首先别泄气。俗话说：天生我才必有用。正确地审视、评估自己，充分发挥自身优势和潜能，相信美好的生活一定会向你招手。其次，鼓起勇气。工作是没有贵贱之分的，只要是靠勤劳的双手去创造财富，都是光荣的。当清洁工、练摊赚来的钱，总比那些贪赃枉法、不劳而获的寄生虫们要光荣几百倍、几千倍。第三，要有志气。人生在世，不能没有志气，既不能等，也不能靠，只有靠自己去拼搏，去发奋，才能开辟属于自己的生活绿洲。

发表于《工人日报》1997年8月4日

在《河北工人报》职工茶座中，作者针对“怎样给孩子过生日？”话题发表自己的观点——

怎样给孩子过生日

如何使孩子在生日这天过得更有意义呢？我想，应在班主任的正确引导下，由班干部组织同学们自己过生日，并邀请部分学生家长参加，搞一些有意义的娱乐活动。这样，我认为有以下三点好处：一、为老师与家长思想上的沟通创造了有利条件；二、为锻炼班干部的组织能力创造了机会；三、增进了同学之间的友谊。一年一度的集体生日聚会，日后回忆起来其乐无穷。

发表于《河北工人报》1997 年 11 月 27 日

在《工人日报》职业女性中，作者针对“家庭暴力缘何屡屡发生”发表自己的观点——

女性当自强

在有些家庭，女方经常被男方殴打，旁人都看不过去，可挨打的女方到了外面仍装作没事儿的样子，甚至还强作笑脸为男方遮掩。我认为，这样做正助长男方的施暴恶习。女人不能死要面子，否则，对方会误认为你软弱可欺。此外，有些妇女出于留恋家庭优越的物质生活条件，或是担心自己独立抚养子女力不从心，对男方抱有依赖思想，自立自强的意识不够。

发表于《工人日报》1998 年 4 月 20 日

在《人民日报》科教周刊，作者在“家长会”中曾发表自己的观点——

惩戒要因人而异

每个孩子均有着不同的个性。有内向的也有外向的，有活泼的也有拘谨的，有好动的也有文静的，有调皮的也有腼腆的……当孩子犯了错误，首先应适时地进行引导，帮助孩子认识错误的原因以及所造成的后果。如果孩子通过耐心的说服教育仍然认识不到自己的错误，继续我行我素，这时，就应该根据孩子的性格特点，采取一些必要的惩戒措施加以制止。

发表于《人民日报》2003 年 5 月 16 日

居安思危

◎险　情

◎思　念

◎图省事酿成事故

◎恶习必将带来恶果

◎安全没有休止符

险　情

人这一生，真不知道会遇到什么样的突发事件，有时，一刹那间所发生的事情也许就会改变你的一生。1983 年，我 23 岁那年所遇到的一次险情，险些造成一次恶性事故。至今回想起来，令人毛骨悚然，胆战心惊。

1983 年，那时我在矿上的机电仓库工作。库中共有 4 人，一位采购员和我，还有两位上了年纪的老师傅。仓库中多为小型机电设备、钢材、有色金属、小五金等。两位师傅因没念过书，认字不多更不会写字，所以，除了采购员负责领料外，我在仓库中便成为“顶梁柱”，既是材料会计，又是发料员，成为账物兼顾的“内当家”。

这天，仓库领进一批角钢，被卸到距库房大约有十几米远的路段上。在向仓库倒角钢时，中间要经过一条矿车轨道。当我与两位师傅即将把角钢搬完，站在 1 米左右高石头墙边顺坡往下推角钢的我，正准备返身离开这里时，却被停在不足 2 米远一串十几辆急速而下的拉料矿车，挡在了矿车与石头墙壁中间。随着矿车由上而下的急速行进，我被困的位置间隙越来越小。眼瞅着自己的身躯马上就有被撞或被挤的危险，千钧一发之际，无任何退路的我急中生智，一跃蹿上了 1 米高的石头墙上……一次惨剧、一场灾难避免了。当时，被这场突发险情惊呆了的两位师傅，束手无策，哑口无言。事后，大家提起此事，十分后怕。他们说：要不是小张当时机灵，后果真是不堪设想。

回想起事件的经过，我分析，导致此次未遂事故的原因：一是成串矿车开动无任何预警信号；二是角钢不应该卸在横穿道轨地段；三是个人自主保安意识差。

然而，由于那时人们的安全意识淡薄，对此事的态度采取不了了之，这件事再无人提起。如果放到现在，作为一次未遂事故，起码会进行分析通报，并采取一定补救措施，以避免类似事件的发生。通过这件事我深深体会到：无论在生活还是工作当中，安全意识是每个人、每件事、时时刻刻、处处、步步都应该引起高度重视的事情，“安全第一，预防为主”是伴随每个人、每个家庭一生平安的警示语和座右铭。

发表于《当代矿工》杂志 2005 年第 10 期，此文被收集到由煤炭工业出版社出版的《班前班后讲安全——煤矿安全生产小故事》手册之中

思　念

当我站在未曾见过面的公公遗像前，望着这位来到世上仅仅40个春秋就匆匆告别这个世界的长辈，悲痛之情油然而生。同时，也让我深切地感受到一个人生命之脆弱。

那是1976年，是让全国人民极度悲伤的一年。伟人毛泽东和周恩来、朱德相继离开了我们。也就在这一年，矿上发生了一次事故。

刚刚提任矿井生产主任的公公，在陪同上级领导下井检查的过程中，在过巷道途中，发现顶部有一块石头有下落的迹象，便顺手从旁边一位工人手中拿过一把铁锹，想用铁锹把儿来试探石头下沉的程度。突然，这块石头坠落，刹那间夺去了他的生命……

当时刚刚38岁的婆婆哪能承受如此沉重的打击！她望着17岁的女儿和一个15岁、一个13岁正在读书的两个儿子，只是一味地哭泣。是啊！好端端的一个幸福家庭，转眼间没了主心骨，就像屋子没了顶梁柱，顷刻之间就要塌了一样。漫漫人生路，今后的日子该如何度过？

公公啊，也许您当时没有多想，只是想到石头坠落会砸伤别人，为什么就不想一想目前是否会掉下来呢？井下那样危险，一举一动都应该谨慎才是啊。而您这一个不小心，带来的是您自身和家庭的不幸。人来世上不容易，而40岁的您正是风华正茂之时，却因一个不规范的动作而匆匆告别了您热爱的家庭和这美好的世界，我们实在痛心，同时也为您惋惜呀！

您走后，在矿领导的关怀和照顾下，您的女儿和两个儿子十年后相继都有了工作，成了家，立了业。现如今，您的孙女、外孙女有的已经工作，有的上了大学。如果您当时不是那样不小心，仍然活在这个世上，今年已经是70岁了。退休在家的您，与我们共享天伦之乐，那该是多么好的光景啊……

发表于《中国安全生产报》2006年1月7日

图省事酿成事故

安全生产过程中，我们经常教育职工要做到“三不伤害”即不伤害自己、不伤害别人、不被别人伤害。笔者认为，职工要做到“三不伤害”，其关键是要做到不违章，而导致违章作业的根本原因就是“图省事、怕麻烦”思想在作怪，所以说，图省事、怕麻烦，是酿成事故的根本祸端。

记得那是 20 世纪 80 年代，笔者过去所在矿的机修车间有一位资历较深的车工，其技术相当过硬，是矿区远近闻名的“技术大拿”。

一天午餐后一点钟左右，这位师傅接到上级指令：上机床“车”一个急需的设备零件。因为，这种活计对于师傅来说属于“张飞吃豆芽——小菜一碟儿”，所以，他便图省事，在上机床操作时未按要求戴上套袖，正是他这一个小小的失误，结果，其工作服袖子被旋转着的车床连同一只手臂随机卷入，他起初虽然喊叫了一声，只因当时车间无人，只有三五个职工在车间外边干活儿未能听到，片刻后，有工人来到车间发现后，即刻关闭电源，但为时已晚。只见这名师傅的整个手臂已经全部卷入其中，鲜血顺着机床往下滴，人早已昏迷不醒，幸亏抢救及时保住了性命，但终因臂膊被撕裂，至今依然打着钢圈儿，成为终身残疾，由此，被迫离开了自己心爱的车工岗位。

印象中，当初这位师傅至少具有25年以上的车工经验，工作一向小心谨慎，出现此类事故让人觉得不可思议。然而，正是由于他多年来偶尔违章操作未造成事故而产生麻痹思想，久而久之，养成了怕麻烦、图省事习惯性的违章作业，最终酿成了让自己终身遗憾的恶果。

无数血的事实告诫我们：作为一名现场操作者，无论何时何地都必须严格按照操作规程作业，坚持上标准岗、干标准活，决不能怕麻烦、图省事而养成习惯性违章的恶习。否则，导致的恶果轻者危害自身，重者殃及他人，随之，给企业造成无法弥补的损失。为了不伤害自己、不伤害别人、不被别人伤害，上岗后，切不可怕麻烦、图省事！

发表于《当代矿工》杂志2009年第4期

恶习必将带来恶果

有这样一则寓言故事：有一个老和尚为了让小和尚学习剃头，每天要求小和尚在冬瓜上练习。小和尚每次在冬瓜上做完练习之后，就顺手将剃头刀插在冬瓜上。老和尚看到小和尚的技术一天天进步，非常满意。于是，有一天，老和尚就让小和尚给自己剃头，小和尚很快就剃完了，然后，像往常一样，直接将刀插到了老和尚的头上……

通过这则寓言故事，让我想起了几年前，曾经有一个施工单位的施工人员在某矿施工过程中所发生一次骇人听闻的悲惨事故。虽说此事已经过去多年，但是至今想起依然令人毛骨悚然。

当年，这个施工单位承揽着某矿800米深的立井承建和维修工程。施工单位有位资历较深的施工队员，或许正像人们常说的“艺高人胆大”吧，由于其技术精湛，常常习惯于不系安全带进行操作。然而，正是由于他的这种习惯性违章作业，结果，在一次内筒维修过程中，不慎从距井底800米深的架板上掉了下去而粉身碎骨。

据说，这位施工队员年仅二十七八岁，而且尚未成婚。其未婚妻在前来办理后事的时候，面对粉身碎骨的未婚夫悲痛欲绝，并向人们述说着这位施工队员事故前几天回家时，对她说的一番话和对今后的生活规划。

原来，这位施工队员准备干完近期这项工程后回家与未婚妻完婚。由于几年来在外施工攒下了一些积蓄，本想着结婚后与妻子和老人在家平安生活。结果，却因为一个习惯性的误操作而葬送了自己的性命，而且死得又是如此悲惨。

根据清理现场的人员说死者是从架板上掉下后，在 800 米井筒内壁中的设备上被活活碰撞致死的，而且从上到下的内壁上均有其残留在上边的碎骨或血肉，因此，工作人员从井底向上清理的结果是死者一盆盆粉碎了的骨和肉……多么悲惨的教训呀！

寓言故事中的小和尚和这位施工队员，虽说技术上已经过关，然而，他们所犯的是同一类错误，那就是习惯性的违章作业。小和尚由于习惯于将剃头刀插到练习剃头的冬瓜上，本身就是一种不应该养成的恶习，应该及时予以纠正。最终，还是让这位老和尚尝到了恶习所带来的恶果。施工队员高空作业，习惯性的不系安全带，而在 800 米深的井筒内依然如故，习惯性的违章操作，最终酿成的是自己粉身碎骨的恶果。

写于 2012 年 4 月 16 日

安全没有休止符

临近年终，经过将近一年的打拼，在收获果实的同时，个别人在安全意识上，不免会产生松懈和麻痹思想。对此，需要提醒这些人，安全，是永恒的主题；安全，始终没有休止符。

搜索20多年的记忆，曾记得发生过这样一件事情……

那是1990年，有一位56岁年纪，刚刚从机修车间退休一年的张师傅，在职时，40多年的工作经历，使其绞车和运输技术精湛，而且由他带出的十几个徒弟中，无论在车间还是调往别处，一个个都是精兵强将。最为可贵的是张师傅从事井上下绞车和运输维修工作几十年，在他或者他的身边从未发生过任何工伤事故，就连一次小小碰手、碰脚的轻伤也未曾发生。为此，备受职工们的钦佩和尊重。家人也为张师傅从事井下工作数十年却毫发无损的退休而深感欣慰！

按理说，如此一位退休在家与家人共享天伦之乐具有丰富经验的老师傅，应该不会出现安全纰漏吧。然而，正是由于他离岗后一时的麻痹松懈思想，竟然让这位师傅失去了一根手指成为残疾……

那年的春节刚过，张师傅在职时车间的几个徒弟结伴而行，一起来到家中给师傅拜年。午餐过后，张师傅送走客人回到家门口，低头看到门外的地上有一个未能燃放的小鞭炮，感觉有些可惜，便顺手将这个小炮拣起拿在手中，用自己吸剩下的烟头将小炮点燃，结果，该小炮后捻起火，将其右手的拇指炸伤，最终，医生在不得已的情况下将其拇指锯掉。从此，技术精良备受尊重的张师傅，由于这一时的疏忽，转瞬间变成了一个带有残疾之人，不仅给他的生活带来诸多不便，更重要的是给他的心灵造成了终身的创伤和遗憾！

张师傅的教训值得深思，也提醒我们引以为戒。工作和生活中，音乐五线谱有休止符，然而，安全，无论何时何地，始终没有休止符！

写于 2012 年 12 月 9 日

职场经历

短暂的下岗经历

我是1997年4月14日走上现在这个通讯员岗位的，在此一个月前我曾被列入到下岗的行列中。虽然时间短暂，我却经历了压抑、痛苦、寻求和选择的过程。

我是下花园煤矿玉带山矿一名具有17年矿龄的女工，多年来的经历使我悟出一个道理：一个人无论在何时何地，都要自强不息，发奋努力。俗语说得好："不怕别人看不起，只怕自己不争气。"拥有真才实学，乃是最大的资本。

1991年我由矿机电主管部门提名，通过考试被邯郸市峰峰矿务局成人职工中专录取。三年的读书生涯，对于我这个已经三十出头，有家庭、有孩子还有一个半瘫在床的母亲、一个体弱多病的父亲，又是独生女儿的人来说，其艰难程度是可想而知的，但我硬是咬牙挺了过来。1994年8月毕业回矿后，我被安置到区队当办事员。1996年，下花园煤矿同全国各大中型煤矿企业一样，随着改革的不断深入，实行三条线管理，以便定人减人提效。我们8名区队办事员的岗位也从此被取消，于3月8日暂时放假回家。

下岗后，最让我承受不了的是人们的嘲讽、讥笑和白眼，尤其对我这位曾付出偌大代价读完中专的毕业生落此"下场"，有人更是说三道四，好像他们个个都是先知先觉生而知之者。几天来，我连上街买菜都是来去匆匆，不愿正视这些人的目光，只是默默地寻求，在这人海茫茫的改革大潮中，我的出路究竟在哪儿呢？我将自己的全部资本：中专毕业证、会计证，连我曾在报刊上发表的几篇文章也统统拿了出来。经人推荐，在一家私营公司经理的同情下，找到了一个名为“企划员”的临时职业。这对我来说简直是“柳暗花明又一村”。我开始全身心地投入角色，每天忙于排专题，写稿件……就在我发誓要在此干出个样子时，一天，我接到了玉带山矿人事科的通知，要我于 1997 年 4 月 14 日到矿工会报到。我又被推到了双向工作选择的境地，最终，我还是选择了曾经养育过自己的煤矿。

虽然，我矿正处于前所未有的困难时期，由于多种原因不能按时领到当月工资。但我认为能为养育自己的矿山发一份光和热，添一块砖和瓦，对于自己的心灵也是一种莫大的安慰。

上岗后，我首先意识到自己的压力很大，唯恐自己的能力不足。通过这一阶段的耳闻目睹，我发现，生活在我身边的人，发生在我身边的事，有许许多多平时都没在意，但却很值得我们去歌颂，去传播。工人们在生活和工作中塑造着自我，而我就应该拿起笔来为他们去描画。为此，我感到自己的工作光荣而艰巨，同时，还有一种自豪感。我在心中暗暗发誓：要用自己手中的笔，将玉带山人的精神风貌发扬光大，传向四面八方。

发表于《当代矿工》杂志 1997 年第 12 期

一场虚惊情更深

记得那是1983年，我顶替父亲参加工作不到两年。一天，我下班回到家，看见母亲眼睛红红的，像是刚刚哭过。一问，原来是这天上午母亲到医院做B超，医生说她膀胱处有一肿瘤，需要马上住院。

听到这一消息，我的脑袋一下子懵了。有肿瘤就有癌的可能。那年，我刚二十出头儿，由于事情来得突然，我一时不知所措，跟着母亲哭了起来。

第二天，母亲便住进了医院。经初步诊断，认为是膀胱癌，但还需最后确诊。当时，在这个医院有位北京大医院的主任医师在此进行医术指导，我便向他提出带母亲去北京，即到他所在的医院确诊，他答应了我的要求。由于我刚参加工作，父亲退休，家庭经济并不宽裕，所以，资金成为看病的燃眉之急。于是，我便跑到矿工会找到了工会主席提出借300元钱给母亲看病。当时，下花园煤矿玉带山矿的工会主席名叫李天成。他听说了我家的情况后，马上让会计给我筹集了500元，这在当时已是不小的数目了。而且，李主席还安慰我说："别着急，有什么困难尽管来找我。"此时，我感激万分，差点儿没给李主席跪下。我陪同母亲到了北京。经过胃镜透视，结果表明：母亲得的不是膀胱癌，只是因为炎症而出现肿块而已。听到这个消息，我和母亲惊喜地流下激动的泪水。

一场虚惊已经过去十几年了，但我至今记忆犹新。因为，在我最困难，最需要帮助的时候，是工会伸出了温暖之手，自这场虚惊起，我便对工会产生了一种特殊的深情。

发表于《工人日报》1998年5月18日

甘为矿工鼓与呼

1997 年 4 月，我开始从事通讯报道工作。从那时起，《中国煤炭报》成为我的良师益友。6 年来，我经历了煤炭企业减人提效、精简机构、破产、重组等系列改革，工作也从基层宣传干事调到机关搞文秘。

2001 年，企业破产后，我竞聘到新组建矿井宣东矿业公司党政办公室担任秘书兼宣传干事。工作的变迁，丝毫没有动摇我对《中国煤炭报》的一片赤诚之心，无论走到哪里，都将它剪贴珍藏并伴随着我。因为《中国煤炭报》最贴近矿工，它坚定了我甘为煤矿工人鼓与呼的信心。

记得 1997 年，我刚刚走上工会宣传干事岗位时，正值企业减人提效，许多人员被裁减下岗。结合形势，我采写了一篇题为《路在脚下》一稿，内容有关下岗职工在工会组织的帮助下自谋生路办“娱乐厅”一事，正好《中国煤炭报》举办“华丰杯 · 在新岗位上”征文，我跃跃欲试将稿子投去，可压根儿不报任何希望。出乎意料，11 月 16 日本报副刊以《下岗人的文化路》为题编发了这篇通讯。它不仅激发了我的写作热情，也消除了我对大报“认人不认文”的顾虑。从那时起，我便大胆地对外投稿。如《险情发生之后……》《瓦斯员一声喊　两名工人脱危险》等反映一线职工事迹的文章便先后见诸《中国煤炭报》等报刊。

时隔3年，我又重新挑起了新建企业新闻宣传的重任。在激烈的市场竞争中，我将面临着新的挑战。

2001年11月，我公司通过省安全设施验收，矿井整体进入试生产，这是一件大喜事。为此，我以一则消息发到报社编辑部，遂被采用。2002年，我采写的《劳模妻子田美莲》《一位矿工妻子的呼吁》分别被《中国煤炭报》《中国安全生产报》采用。如今，我进一步感受到《中国煤炭报》与煤矿人的情结和办报人那一身正气的风格，这也是该报之所以深受广大煤矿工人喜爱的原因之一吧。

《中国煤炭报》激励着我，我立志继续以煤矿人的情怀，为企业的发展呐喊助威！

发表于《编采之友》杂志2003年第9期

从普通女工到驻矿记者

我能够从一名普通女工，成长为《当代矿工》杂志特约记者、河北金牛能源邯郸矿业集团《邯郸矿工报》驻矿记者，感到无比自豪。回顾我的成长历程，离不开《中国安全生产报》《中国煤炭报》多年来对我的哺育，从而使我在新闻事业的道路上越走越宽广。

我清楚地记得1997年4月1日，我从原下花园煤矿玉带山矿区队核算员岗位被调到该矿工会从事宣传干事工作。当时正值国企改革，煤炭系统减人提效时期，我在精简下岗的8名核算员中被安排为工会宣传干事，在矿区内曾引起不小的反响。对此，我以自己的亲身经历和体会写了一篇题为《短暂的下岗经历》的文章寄到《当代矿工》杂志社，该杂志以同名刊发在1997年第12期中，此文得到了矿区职工读者们的好评。当我看到本矿的下岗职工每天没着没落的样子，为了鼓励他们走自谋职业之路，我抓住一位下岗职工在矿工会的支持下自办“娱乐厅”的典型事例，经过深入采访写了一篇通讯，1997年11月16日被《中国煤炭报》以“下岗人的文化路”为题发表，用事实激发了下岗职工自强不息的精神，受到了上级领导和工人们的赞扬。

1999年12月，我所在的下花园煤矿由于资源枯竭，资不抵债，被正式宣布破产。至此，我与企业的所有职工均被推向了破产重组的行列。我在重组中竞聘到的宣东矿业公司秘书兼宣传干事岗位，是同其余 4 名竞争对手通过演讲、业务能力考核、评委打分而竞争得到的。主要得益于以下两点：一是几年来自己的勤奋努力特别是报社编辑老师的精心培育，使我的新闻写作水平不断提高；二是由于《中国煤炭报》为行业报，在矿区中订阅范围广，宣传效果强，使我在矿区内的知名度大大提高，为我在竞聘中发挥了极大的作用。

企业破产重组后，我倍加珍惜通过竞聘得到的岗位，工作起来更是不知疲劳，经常是白天忙业务，晚上写稿到深夜。

2002 年 6 月份，在全国“安全生产月”活动中，公司工会针对个别矿工家属对矿工不够关心的情况组织了一次别开生面的井下教育活动，以此让矿工家属了解矿工的工作环境。我对一位具有代表性的矿工妻子进行现场采访后，写了题为《一位矿工妻子的呼吁》的文章，发表在《中国安全生产报》上，在公司中引起很大反响。2003 年后半年，我写的两篇反映采掘区队生产管理经验的报道，《中国煤炭报》先后以《科学管理解难题——宣东矿业公司综采区“三抓三保”提素质》和《宣东人有了自己的综掘队伍》为题发表。从而，增强了采掘一线员工们战胜困难的信心和勇气。2004 年，我抓住了公司标准化管理这一热点进行了及时报道，《中国安全生产报》以《集中精力，突出重点，真抓实干——宣东矿业公司机电管理大会战》为题发表，在公司安全质量标准化管理中起到了积极的推动作用。

2004 年，我结合自己在党委办分管的思想政治工作实际，写了《冰雪消融显真情》一文，着重反映了区队党支部在职工中开展谈心家访、帮教转化、职工动态分析、为职工办实事等一系列思想政治工作并取得实效的事例，被《中国煤炭报》以较大篇幅刊载。

俗话说：天道酬勤。几年来的辛勤耕耘，得到了新闻媒体的认可。2001年我被《当代矿工》杂志社聘为特约记者。2005年初，被邯矿集团聘为《邯郸矿工》报驻矿记者，并于2005年5月28日由邯矿集团盛源公司推荐，在河北省煤炭工业协会举办的《河北煤炭工业通讯报道工作会议暨举办中国煤炭报通讯员培训班》中以“优秀通讯员”的身份做了经验介绍。

几年来，在新闻创作中，无论是白天的工作之中，还是夜晚的工作之余，我都会全身心地投入其中。一篇篇新闻报道，抒发了我对煤矿工人的真挚感情，表达着我真正的内心世界。在辛劳中我感受到了乐趣，在苦涩中我品尝到了甘甜……新闻写作不仅锻炼了我的意志，而且陶冶了我的情操。从中让我悟出了许多真理的内涵，增强了辨别是非和分析问题、解决问题的能力。

回顾断断续续十年来的新闻写作经历，一直陪伴着我并哺育我成长的就是《中国安全生产报》和《中国煤炭报》这两大报纸。为此，多年来，我对“两报”情有独钟。当工作人员每天把十几种报纸放到桌上，我会首选“两报”而先睹为快，而且每次读来都有一种格外亲切的感觉。“两报”不仅改变了我的人生坐标，而且将伴随着我在今后的新闻创作中不断前进。借此机会，我衷心地向“两报”多年来给予我支持的编辑老师道一声：谢谢！

发表于《编采之友》杂志2007年第1期

师徒情

当今，生活在都市的人们，面对愈演愈烈大操大办的婚礼、生日礼、升学礼、乔迁礼、宝宝满月及其“百岁”礼，并且随之水涨船高的“份子钱”，欢喜之余，也让诸多工薪阶层流露出些许的无奈。由此，让我回想起80年代初期刚刚参加工作时的一段往事……

那一年，我参加工作不久被分配到了某矿机电队。由于机电队属于技术职业，职工要从三年学徒工做起，然后陆续晋升为熟练工、一级工、二级工……逐级晋升，八级工封顶，并且每月按照级别领取工资。当时，机电队共有七八位达到“八级”的“技术大拿”，可谓凤毛麟角，大家对他们都是非常尊敬。由于我参加工作不足一年并且从事机电材料管理，所以被定为熟练工，月工资收入为25元整。

这一年，机修车间烘炉车间大家俗称为“老八”（也就是工资级别为八级）的徐师傅，准备给儿子操办婚礼。对于技术一流且德高望重的老师傅，从机电队长、书记到普通职工，大家都会高看一眼、厚爱一层，家中的婚庆喜事更是不可轻视。

随礼过程中，工资级别已经封顶的几位“老八”带头随礼每人5元，其他职工基本上也是按照级别随份子，有随4元的、3元的，也有几个人合在一起买礼品的不等，当我也准备随礼时，却听说徐师傅已经声明在先：“凡是熟练工和学徒工，一律不收贺礼，但有一个条件就是：一个不能少的必须参加婚宴！”

徐师傅这一特殊声明，无疑给我们这些晚辈出了一道难题。当初我想，这件事虽小，但是，却表达了徐师傅对我们这些晚辈的一份真情啊！由于我比其他学徒工年长一点，便主动召集起机电修车间的6位学徒工和熟练工商量：师傅对我们有“情”，咱们也得对师傅有“谊”吧！我们几位是不是也合资买件家用礼品为师傅表达一份做晚辈的心意呀？大家听后一致表示赞成。通过商量，我们几个合起来为徐师傅结婚的儿子买了一把家庭中比较实用的不锈钢茶壶。礼物虽小，但它确实表达了我们这些晚辈对师傅的一片浓浓情谊！

当徐师傅为儿子操办完婚礼之后，此事，还曾经被机电队的职工们称为“礼轻情谊重，师徒情谊深”的一段美谈和佳话！

写于2014年5月22日

夙 愿

一

公元1960年的一天，某县城一位体弱多病的母亲产下一个骨瘦如柴的女婴后，眼瞅着因饥饿“哇哇”直哭的婴儿自己却无奶且无能力喂养，无奈中，夫妻决定暂时先找奶妈喂养。然而，相继辗转了四个奶妈都因感觉女婴的成活率几乎为零而被陆续退还。最终，女婴被抱到煤矿一对无儿无女的夫妇面前，真乃天赐良缘，结果，在夫妇二人的精心呵护下，这个命运多舛的女婴总算转危为安并在此落户。我，就是这个几近夭折的女婴……

爱好读书，起源于一部《沙家浜》剧本。六十年代读小学时，为了培养我的兴趣爱好，养父专程骑自行车到距离我家十公里的县城买了一部《沙家浜》剧本全集。对于这部剧本，我爱不释手，每当放学收音机播放《沙家浜》时，我就会对着剧本，从对白到唱段一字一句跟着学。说来真是奇怪，对于其中个别唱段和道白，至今我都会念念不忘。

升入初中，我便开始阅读长篇小说甚至到了痴迷状态。遇到一部好的小说儿，恨不得一口气读完，上学课间休息时看，在家帮母亲做饭烧风箱时看，晚上不睡觉躺到被窝儿里还是看。每当看完一部好的小说，我总会感慨万端。心想，一个作家，能够写出如此令人爱不释手且沁人心脾的文字，真是了不起！

虽说我们这一代在上学期间正值“十年动乱”时期，然而，正是由于自己从小爱好读书，所以在阅读、写作抑或数学题解中都能够相得益彰。升入高中后，我的学习成绩在班中名列前茅，被老师和同学推荐为学习班长。

然而，无论是童年时期，还是高中毕业，我从来没有什么远大理想。而对于作家这一职业，我仅仅是羡慕，虽说内心无比向往，但从未产生过自己将来要成为一名作家的想法。因为当初的我认为，作家简直太神奇、太神圣了，而且，距离自己也太遥远了，对我来说，那只是一种高不可攀而且不切合实际的幻想与奢望而已。

二

1980 年养父退休后，高中毕业一年后的我接替养父在当地煤矿参加了工作。从此，便与煤矿结下了不解之缘。如今，每当回顾起自己三十五年的工作经历，我能够从一个默默无闻的普通女工，在党的培养和教育下，最终成为一名中国煤矿和中国国土资源作家协会会员，成为一个名副其实的作家，实现了自己从小一直向往却不敢想象的夙愿，就会由衷地感到欣慰！

记得那是 1991 年，已经从事机电材料保管十年的我因不甘平庸，重新拾起毕业十多年的课程，在单位委培深造名额有限的情况下，通过领导推荐而考取了成人职工中专。三年学业毕业后，伴随着自己文笔潜力的发挥，我的命运也随工作的改变而发生着变化。

1994 年 9 月毕业回到单位，正值煤矿精简机构实施减人提效时期。在暂且从事核算员工作当中，我充分发挥自己潜在的文笔优势，利用工作之余积极为工会撰写新闻稿件。

1996 年 9 月的一天，矿工会负责宣传的张干事向我提议：能否把你丈夫在你父母有病、女儿年幼的条件下，克服重重困难支持你三年就读的故事写出来？我答应试一试。由于是自己的亲身经历，当天晚上，我一气呵成写了大约 3000 字的纪实散文，第二天，把稿子交到工会张干事办公室，他看后深受感动，一字未动，便将文稿寄到了《张家口日报》社，半个月后，该报社副刊用半个版面的篇幅，以《我有一个好丈夫》为题发表了这篇纪实散文，进而在全矿引起了强烈反响。亲朋好友纷纷给我打来电话，表达读后感想。一位在教育科工作的我高中时的大学中文系女教师打来电话，并对此文给予了高度评价，她说：“效梅，你的那篇文章我看过了，写得确实太棒了！真是情真意切，感人肺腑，催人泪下呀！”工会张干事到矿机关办事，所到之处，听到的都是机关人员对这篇文章的反响与好评，大家说，这位作者真可谓“不鸣则已，一鸣惊人”呀！

事后，我心想，一篇好的文章竟然有如此强烈的反响和效果。自这篇成功的“处女作”之后，我便与文学创作结下了不解之缘！除积极给工会写新闻稿件外，开始利用业余时间进行文学写作，而且作品频频见诸报端，先后在《工人日报》《中国煤炭报》《河北工人报》《当代矿工》等各大报刊发表，并且赢得了矿领导和职工们的广泛赞誉。

1997 年年初，煤矿再次精简机构进行减人提效，我们八个区队核算员岗位被“一刀切”裁减取消。此时，恰逢矿工会负责宣传工作的张干事退休而没有合适人接替，我便成为当之无愧的最佳人选，矿领导经过审议一致通过，从此，正在同其他七个核算员在家待岗的我，接到矿人事部一纸调令后，被正式安排到矿工会“宣传干事”工作岗位。

一年后，随着煤矿改革的进一步深入，由于工作成绩突出，我又从基层单位被抽调到大矿总部机关行政办公室担任文秘兼档案管理，成为一名正式的企业管理干部。

1999 年年底，我所在的煤矿因煤炭资源枯竭、资不抵债而被迫申报破产，企业职工只有把生存的希望寄托到了当初的接替矿井。然而，这个接替矿井仅仅拥有 800 个左右的岗位，而全矿却有数千名在职职工需要安置，僧多粥少，怎么办？省破产重组领导小组成员经过研究，决定采取：公开公正，定岗定编，竞聘上岗，择优录用。意思就是：竞争者根据企业设定符合自己的岗位条件进行申报后，通过理论考试、演讲以及实际操作，由省重组小组以及单位领导组成的评审团进行打分，择优录用。结果就是：竞聘到岗位者上班，失败者回家待业！残酷的现实摆在破产职工的面前，一时间，数千名职工被推向了激烈的岗位竞争这一风口浪尖儿上。例如：接替矿井司机岗位仅仅 10 个，而申报竞争该岗位的多达 110 人；卫生保洁岗位 5 个，申报该岗位的达到 50 多人；我所申报的“宣传兼秘书”管理岗位 1 个，而申报者却有 5 人。最终，我以报刊发表诸多文章的优异成绩从五位竞争者中一举获胜，为日后自身优势的进一步发挥，拥有了一席之地。

三

自 1999 年底重组到接替矿井后，我对自己通过竞聘而得到的岗位倍加珍惜，工作中超常发挥。伴随着企业不断地做大做强，除做好文秘工作外，由我负责的宣传工作在全集团公司连续十多年排名第一，年年受到上级党委的表彰和嘉奖。同时，先后被《当代矿工》杂志社聘为特约记者，被上级机关《邯郸矿工》报社聘为驻矿记者，成为集团公司外宣工作的佼佼者。与此同时，我的文学作品成绩更加显赫，先后在《工人日报》《中国煤炭报》《中国安全生产报》《当代矿工》杂志等各大媒体副刊发表大量作品。其中代表作品有散文《小屋》《思念》《险情》《我与养母的今世情缘》《孤独的我如今很富有》《我的童年时代》《短暂的下岗经历》《一场虚惊情更深》《宁要病死，不要被病吓死》等等，散文《我的童年时代》被光明日报社出版发行《我心中的和谐家庭》一书收集并且荣获三等奖；散文《小屋》荣获黑金子文学大赛二等奖，纪实文学《冰雪消融暖人心》《三步棋开辟新天地》《众志成城建示范，安全高效铸辉煌》被黑金子文库收集。散文《险情》被煤炭工业出版社出版发行的《班前班后讲安全》一书收集。

2010 年，由集团公司宣传部推荐，我非常荣幸被中国国土资源作家协会吸纳为作协会员；2012 年，又被中国煤矿作家协会吸纳为作协会员。从此，我便成为一个名副其实的作家，实现了自己从小无比向往的夙愿！

美好的夙愿，只是我在万里长征走出的第一步。如今退休后的我将会用毕生的精力，一如既往且不遗余力地耕云播雨，以只争朝夕的态势，传播正能量，造福于人类！

发表于 2016 年 4 月 10 日《文悦圈》

和谐的音符

回首往事，在我迄今为止二十年的写作生涯中，无论在职创作还是社会参赛，获得的荣誉为数不少，只是获奖证书足足保存了两大皮箱。这些荣誉的取得，对我来说只是记载着自己人生的一些片断和经历，除此之外，我认为没有任何更大的意义。然而，其中的一次社会性征文参赛经历，却让我有种弥足珍贵的情怀，一经回忆抑或触及，便会从心底腾跃出一股暖流，并且伴随着当初活动主题那和谐的音符，感觉是那样令人神往又耐人寻味……

那是 2006 年临近年底的一天早晨，我在办公室电脑上网浏览时，无意中看到由北京市房山区妇联通过千龙网和《中国妇女报》等媒体面向社会开展为期 50 天“我心中的和谐家庭”征文活动。或许是对“和谐”二字的敏感和情有独钟，即刻激发起了我的写作热情，当天下午下班回家后，吃过晚餐，立即投入到征文创作之中。

历时两天业余时间的构思、创作、修改和完善，一篇题为《我的童年时代》大约三千字的散文作品完稿后，第三天，通过传真发送到了征文活动组委会并且确认对方已经接收后，我的内心，除了如释重负的释怀和坚信之外，没有任何外在的担忧。

2007 年 1 月份，我惊喜地接到了组委会的入选通知：散文《我的童年时代》荣获北京市房山区“我心中的和谐家庭”征文三等奖，并将入编散文作品集。时隔两个月后，我便收到了组委会寄来的邮包，其中包括：一是由《光明日报》出版社出版发行《我心中的和谐家庭》散文作品集两部；二是荣誉证书和汉白玉雕塑奖品；三是一百元奖金。与此同时，我相继看到了《中国妇女报》和千龙网及时公布了本次征文活动的获奖作品及其名单。

当我小心翼翼地首次翻开《我心中的和谐家庭》散文作品集时，首先映入眼帘的是由全国人大常委会副委员长、全国妇联主席顾秀莲撰写的《序一》，读后激情澎湃。其次，是由北京市妇联主席赵津芳撰写的《序二》，阅后备受鼓舞。

当我从文集目录中寻找到自己的散文作品《我的童年时代》被编入“阳光组曲”栏目即文集的第194页之中时，喜悦的心情溢于言表。此时，我试图以一个局外人打开阅读这篇散文，随着一行行带着墨香的铅字映入眼帘，由自己构思撰写的一个耳熟能详的故事，竟然让我倍加感慨。因为，文中的我——一个普通的公民，能够有幸在大千世界的平台中，讲述着自己所经历的故事，让成千上万所有这篇散文的读者都能够感受到自己从内心流淌出来的那种对“和谐”二字的诠释，感到无比荣幸！

十年来，我把两部文集以及奖品和证书视为无价之宝进行珍藏。期间，先后搬家三次，家中的金银首饰对我来讲都不重要，唯独对此情有独钟，文集、证书至今崭新如故。对于汉白玉雕像奖品，之前，唯恐浮上灰尘，一直没舍得摆放。2014年退休后，才将其摆放到我日常写作的电脑桌旁。每每擦拭即可触及，写作抬头频频目睹，无论触及抑或目睹，都会从内心拨动起那和谐的音符，令人心旷神怡。

如今退休后的我利用闲暇时间，已将文集中的每一篇散文一一阅读。学习中，让我在写作中得到了升华；阅读中，伴随着故事的情节，每一个作者的名字也深深地印在了我的脑海之中，进而透着一种陌生的亲切！甚至于幻想着有朝一日，能够与各位老师相聚，畅谈一下当初参赛以及十年以来文学创作的体会与感受……是啊，悠悠岁月，光阴似箭。十年，弹指一挥间！试想，人生能有几个十年，又能有几次如此令人刻骨铭心的纪念？！

十年前，我在此次征文活动中虽说仅仅获得了三等奖，然而，在日后的创作中她却让我获得了无尽的动力和源泉。伴随着那和谐的音符，我的文学创作也在蒸蒸日上：2010 年至 2012 年，相继被吸纳为中国国土资源作家协会和中国煤矿作家协会会员，从此，实现了自己从小一直向往的夙愿。我坚信，在今后的文学创作生涯中，我将在这和谐音符的陪伴和感召下，弹奏出更加和谐而优美的乐章！

发表于 2016 年 8 月 25 日《文悦圈》

抉　择

人生的道路上，会遇到很多十字路口。徘徊中，如何抉择，取决于一个人的生活态度。而最终结果，是宣告你当初决定的判决书。坚信：付出了，终究会得到回报！

一、天赐良机

20 世纪 90 年代初期，步入 30 岁的露瑶从事机电仓库保管工作已经整整十个年头儿。十年前，高中毕业的她顶替养父在国企煤矿参加了工作。七年前，经人介绍与同在煤矿工作，也是曾经的初中同学柱子结了婚。次年，二人生育一个活泼可爱的女儿。

此时，生性不甘平庸的露瑶，开始对自己今后的人生乃至家庭生活进行着思考……当初，曾有一位北京矿院大本五年毕业、矿教育科电大聘用高级讲师且视才如命的甄老师（人们习惯于如此称呼），就曾为品学兼优如今却碌碌无为的露瑶感到惋惜。

那是一个寒冷的冬天。露瑶一个人按部就班的七点钟先于其他三位师傅（两位即将退休的材料保管和另外一位采购员）来到仓库，她打开房门，首先，一边将库房外间小屋也是四个人的办公室取暖的炉子点着，一边应付着上七点班机、电修车间以及上三班井下运输工人师傅们前来领取生产所需的机电材料。

忙碌过后，此时，身穿工作服准备下井的甄老师从此路过，进门便对正在低头整理材料票据的露瑶说道：“机电队现有两个外地脱产三年委培的名额，电修车间已经确定了一个人选，另外机修车间的名额现在空缺，队部考虑将机修车间的名额给你，如果你和家人同意，现在复习一下功课，于明年参加全国成人中等专业统考。”露瑶闻听此言，由衷地高兴，于是，她二话没说，当场就对甄老师表明自己同意外出委培的态度。

说实在话，这种事情换作别人或许需要再三的斟酌考虑，然而，对于像露瑶这样一个既无背景又无任何关系的弱女子来说，能够拥有这样一次难得深造的机会，露瑶认为是天赐良机！

早在60年代初期，几近夭折的露瑶不足两岁时被抱到煤矿无儿无女的养父母家中。被养父母视为掌上明珠的露瑶，自从与丈夫结婚生了女儿之后，一家三口儿一直都在养父母家中吃饭。露瑶上无哥哥姐姐，下无弟弟妹妹，从小到大遇到任何事情，只有同养父母商量。养父比较内向且不爱说话，养母是多年的居委会成员，不仅性格十分开朗，而且生活态度也特别阳光向上，只要是露瑶积极上进的想法，她一向都特别支持。所以，养母便成为露瑶的主心骨和事情第一时间的知情者。

这天下午四点下班后，露瑶按部就班地骑着自行车直接回到养父母家中。到家后，养父出去遛弯儿了，只有养母一个人在家，露瑶便把上级即将推荐她外地委培事宜告知养母，养母得知女儿有此深造的机会，感到无比兴奋，她不仅坚决支持，而且叮嘱露瑶："你们的女儿已经七八岁了，有她爸爸和我照顾，你就放心吧！目前，你一定要好好复习功课，明年考出好成绩，千万不能辜负了领导对你的信任！"

露瑶胸有成竹地对养母说道："妈，您就放心吧！"

露瑶同养母一边说着话，一边准备着晚餐，等待着丈夫和正在读小学二年级的女儿放学。5点半，丈夫下班回到家中，帮着露瑶一起做晚餐。6点钟，露瑶听到女儿与隔壁的同学说笑着也放学回来了，后边跟着的是养父。其实，养父每天称自己出去遛弯儿，就是到女儿学校去迎接他的外孙女儿了。虽说女儿每天与同学结伴儿上下学，但养父还是不放心……

人员到齐，祖孙三代一家五口儿，围坐在一个大大的圆桌旁，高高兴兴地吃着晚餐。收拾完毕，露瑶便同丈夫带着女儿一起回到家中。

晚上，露瑶把外出委培之事告知丈夫。柱子闻听此事后，态度出奇的平静。露瑶唯恐他不明白，又把委培情况向他进一步说明："矿对此次委培学员给予了非常优惠的政策，首先，通过明年全国成人统一考试录取，这样，即可避免通过人际关系入学；其次，工资百分之百照发；第三，每个学期结束后，矿教育科还要对学习成绩优异者给予一定数额的奖学金。"

停顿片刻，露瑶继续说："我感觉，这是老天赐予我们这些普通老百姓的一次最佳机会。你想，你的父亲40岁便因公殉职，我是顶替工人出身的养父接班参加工作。目前，我俩都是普通工人，如今，我能够得到这样一次难得的深造机会，实属不易。而且，我想要通过自己的努力和奋斗，让我们这个家庭生活得更好些！"

此时，一直沉默的柱子终于开口说话了。他说："其实，你讲的这些道理我都明白，也理解你这样做也是为了我们这个家庭。只是，我们结婚这么多年，从来没有分开过，感觉一下子离开，有些难以接受！”

停顿了一下，柱子继续说：“然而，当我想到像你这样优秀的一个人却在仓库干一辈子，又感觉于心不忍。现在，你能有这样一次机会，我从内心为你感到高兴。再说，三年毕竟是有限的，有我在家，你就放心去应试吧！”

从小对露瑶疼爱有加的养父因为不舍而有些异议，但在养母的坚持和开导下，他终于想通了。通过沟通，露瑶的公婆也对此项决定给予了支持。

二、十字路口

第二年开春后，露瑶同矿推荐的五名委培人员参加了全国成人统考，不久，网上成绩公布，露瑶名列第一。

考试成绩通过了，下一步，便是煎熬式的期待。两个月过去了，三个月过去了，杳无音信的露瑶与其他几位参考人员都在默默地等待之中。此时，露瑶听到有人传言：今年的委培被临时取消了；还有人对露瑶说：你的名额已被别人取代了等等……

起初，露瑶听到这些半真半假的传言，心里不免有些忐忑。回到家中，露瑶便把在外面听到的传言向养母述说，养母听后立即给予驳斥：“你就放心吧，别听别人瞎说！如今是共产党领导的天下，我看谁吃了豹子胆，敢做这种违法乱纪的事情！”不知怎么的，露瑶听了养母这句话，好像吃了一颗“定心丸”似的，之前的不安和忐忑心理，从此被驱赶得烟消云散，她以顺其自然的心态，一边安心地工作，一边耐心地等待着上级的通知。

果然，7 月中旬，露瑶便接到了上级通知：五位参考者均被学校录取，待各自接到录取通知书后，即可脱产入学。由此，露瑶悬着的心总算踏实下来，开始准备着入学的相关事宜。

然而，天有不测风云。进入 8 月份，露瑶 66 岁的养母因患脑血栓半身麻木住进了医院，虽说历时半个月的输液治疗基本康复出院，可是，露瑶的内心从此开始悬了起来……她在想，身体一直硬朗的养母这次突然住院，是在为她敲了一次警钟。日后，如果稍有不慎而再度复发怎么办？

将近 8 月底，露瑶接到了学校“定于 9 月 1 日报到入学”的录取通知书，而就在接到通知书的第二天上午九点左右，原本喜忧参半的露瑶，在单位从邻居电话中获悉：养母早晨起床时，感觉右侧再度半身麻木且言语不清……真是怕啥来啥，露瑶向两位师傅说明情况后，立即骑着自行车赶往养母家中。

途中，风刮得很大。露瑶一边顶风赶路，一边脑子在想：苍天啊，你是在有意考验我吗？还是我做错了什么？为什么之前的一切都是那样风平浪静，当我想凭借自己的实力拼搏一把时，迎接我和母亲的却是这一连串儿的身心折磨？此时的露瑶，在内心叩问苍天：如今，我究竟该怎么办？

当露瑶赶回家时，一张白静而清秀的脸颊，不知是泪水还是汗水直往下淌。她首先看到的是闻讯前来探望养母的街坊邻居大婶们焦虑的眼神儿，进而看到养母因身体右侧麻木而仰卧在床上，此时老人的口中只能发出“嘟——嘟——”的声音，其余任何字甚至连露瑶的乳名儿都叫不出来。

面对现状，露瑶与亲朋好友通过咨询医院的专科医生，最终协商决定：目前，只能对养母采取保守治疗。经人介绍，露瑶在当地区医院找到一位专门治疗此类疾病的老中医，这位老中医了解病情后，即刻开了三副煎服汤药，以观后效。

待三副中药下肚后，露瑶打车接老中医亲自上门对养母进行观察，结果显示，没有达到老中医预想的效果。老中医摇了摇头对露瑶说道："你母亲患的是一种顽疾，不是一时半会儿就能够治愈的，你要做好长期打算。如果相信我的话，我愿意继续为你母亲治疗，直到病情有所好转！"根据目前的情况，露瑶一家人只能依靠老中医对母亲治疗，而且暂时也只有这唯一的一条途径了。为此，露瑶恳切地对老中医说道："您是此类疾病的专家，我们也是慕名而找到您的。我母亲的病，我和我的家人就拜托给您了！"通过观察，老中医又开了几副中药。

紧张的求医问药和忙碌之中，已经是露瑶入学通知报到的第二天。时间十分紧迫，而此时的露瑶却陷入到了两难的境地……

家庭中发生的突然变故，一时间，在矿区内引起不小的热议，也牵动了诸多亲朋好友的心，大家纷纷前往探望，表达着他们对露瑶一家的同情，养母有一个侄女儿，也放下家中的农活儿专程前往探望。

当晚，养母暂时由侄女儿陪同照顾。露瑶一家三口儿回到家中，而最为理解露瑶的丈夫被这突如其来的变故搞得束手无策，即便使出浑身解数也没有任何办法。晚上，露瑶彻夜未眠。通过冥思苦想，她终于想到一个能够解决目前家庭燃眉之急的具体方案。

于是，露瑶把自己的想法告知柱子并且征得他的同意后，第二天早晨，便乘车到县城找一位在当地从事钟表维修职业且一直与养父母关系非常密切的堂哥。途中的露瑶寻思：这位比她大将近三十岁的哥哥，对她的前程一向特别支持和关心。如今，看到她在事业发展过程中遇到如此的难题，他一定会当仁不让，予以帮助解决。

来到县城见到哥哥之后，露瑶便把家中最近所发生的事情向其说明，以征求哥哥的建议。

堂哥听了露瑶的讲述，他一边分析一边说道："根据目前的情况，假如你放弃上学，既不能减轻母亲的病痛，也不能放下工作每天守着去照顾她。再者，你母亲得的病也不是一年半载就可以恢复的。所以，我不建议你放弃此次上学的机会！"

随后，露瑶便把自己同丈夫昨晚商量准备让哥哥从附近农村找一位能够在家中居住且长期照顾母亲的保姆，得到了哥哥的赞同，他说："这倒是目前一个两全齐美的办法，既可以照顾你母亲，顺便还可以给你父亲做饭。"哥哥又仔细想了想，说道："我倒是想起一个能够满足咱们要求的人，这个人的家，就在你嫂子她们村居住，我现在就带你去见她吧。"说着，便骑着自行车，带着露瑶来到距离县城大约十公里的村子，通过打听，找到了这位村妇。

来到村妇家中，露瑶看到她大约六十岁左右的样子，中等身材，最大的特点是眼睛很小，而身体显胖。哥哥把此行找她的目的以及条件说过之后，村妇提出每月给她六十元工资。由于 90 年代初期，家中雇佣保姆在当地比较罕见，而且六十元工资也算是一个不小的数目。当看到哥哥正想与其讨价还价时，露瑶立即阻止并且满口答应了村妇的要求。双方条件谈妥后，村妇又说："我家中还需要处理一些事情，所以，要在三天后才能到位。"

露瑶说："可以。"

哥哥对村妇说道："那咱就一言为定。9 月 6 号，你在家中等待，我来接你。"

村妇点头欣然答应。

露瑶同哥哥从村妇家中出来后，她长长地吁了一口气，心想，总算解决了燃眉之急。内心就像卸掉了一块沉重的石头，一下子轻松了许多。

回到家中，露瑶便把找到保姆之事告知丈夫和女儿后，家人也都为此感到高兴！

9 月 4 日早晨，露瑶来到养父母家中，看到妹妹已经服侍养母吃过中药和早餐。露瑶坐到病床前，一边给养母按摩着麻木的半个身子，一边凝视着虽说神志清醒但连日卧床不起且言语不清养母的面庞，再看看今年已经七十六岁且体弱多病的养父，内心非常沉重。因为，她不知道养母恢复的几率究竟有多少？养母病情的加重对性格内向的养父是否会产生一种潜在的危机，他能否正确地面对现状？女儿刚刚七岁，正在上小学二年级……面对这一家老小，对于一向不爱操心的丈夫他能否扛得起这样的家庭重担？露瑶思前想后，她实在是忧心忡忡放心不下呀！所以，今天到养父母家中，露瑶已经暗自下定决心，她要在家人一起晚餐后，最后再征求一下养母的意见，如果养母现在不同意她去上学，她就决定彻底放弃！

下午 6 点半，当一家人吃过晚餐后，露瑶准备征求养母意见。她刚坐到养母身边，只见养母眼睛盯着露瑶，左手指着头顶，口中不断地发出“嘟—嘟—”的声音，似乎着急地要向露瑶表达着什么。

露瑶问道：“妈，您是不是想问我上学的事情？”养母重重地点了点头。

露瑶说：“您现在这个样子，我还是在家照顾您吧，就不去上学了！”闻听此言，养母脸色即刻沉了下来，用能够活动的左手摆动着，而且口中不断地发出“嘟—嘟—”声。

露瑶赶紧对养母说道：“妈，您别急，那我就听您的话，去上学吧！”此时，只见养母再次重重地点了点头，而且脸上重新恢复了平静。此时此刻，看着养母简单得不能再简单的面部表情，露瑶真得是百感交集！她激动地用双臂抱住母亲的头在母亲的脸颊上亲了又亲。此时，她有千言万语想对母亲说，但又不知道从何说起，只是眼泪止不住地往下流……是啊！这就是她不是亲生却胜似亲生的养母，一个伟大而坚强的母亲！

接着，露瑶又对养母说道：“妈，您就放心吧，一切我都安排好了。我同哥哥为您找了一位在家长期服侍您的保姆，后天就能来到家中。一方面照顾您，另一方面还能帮着给我爸做饭。小婷上小学，平时有她爸爸和奶奶照顾着。家中需要什么，让柱子去买。您只管安心的养病，我四五个月放假就会回来！”养母听了露瑶的话不断点着头，露瑶看得出她对女儿这井井有条的安排，非常满意！

三、峥嵘岁月

9月6号上午九点左右，堂哥带着保姆如约来到家中，养母看到与自己年龄相差无几的保姆犹如姐妹，感觉很是亲切。

待一切安排就绪后，当天，露瑶便与医院一位名叫晓美的同学，在其丈夫的陪同下，三个人一起乘坐夜间的火车赶往学校。

通过一整夜的火车，7 号上午八点赶到了学校所在市区。因露瑶与晓美所学专业不同，晓美学校在市区，而露瑶学校在距市区十几公里以外的偏远山区。三人到市区晓美学校宿舍放下行李安顿好后，又一起来到露瑶所在的学校并找到宿舍，露瑶为了感激晓美丈夫一路上的照顾，由露瑶做东，三人一起在饭馆吃过午餐后，晓美夫妇告辞，返回市区学校。

下午两点，露瑶按时来到教室。班主任向同学们对露瑶做了简要介绍："这位是来自北方的同学，名叫林露瑶。全班总共四十五名同学，今天已经全部到齐。希望大家日后互相照顾，共同提高，以优异的成绩完成三年的学业。"话音刚落，教室便响起一阵热烈的掌声。此时，露瑶发现，全班只有她和海兰两位女同学，二人不仅同桌，而且住在同一宿舍，巧合的是她俩还同龄，在班中年龄最大。

从此，露瑶便开始了她艰苦的三年就读生涯。

凡事各有利弊。晓美学校在市区，购物比较方便，但教学环境一般。而露瑶所在的学校较为偏远，但教学设施和环境较好。新建不久的教学大楼，前面是教学楼，后面是宿舍楼，左侧是学校食堂，校园内绿化环境也十分优雅。美中不足的是因学校邻近有一采石厂，校外道路灰尘污染较为严重。特别让人感觉枯燥的是学校购物极其不方便，日常生活用品也要等到周末假日期间，经过两公里以外的山路和乡村耕地到达家属区市场进行购物。

就读的第一学期，是露瑶三年中最为艰苦的岁月。露瑶从小生活条件比较优越，起初不大习惯学校食堂的伙食，所以，每天吃饭便成为她一件应付差事的事情。虽说食堂也开辟有高价伙食，露瑶为了给家中节省开支，她给自己制定了每周只能给自己改善一次伙食的计划。由于学校食堂蒸的馒头既黑又硬，因此，她每次吃馒头都会把馒头皮剥掉，以至于这种习惯一直延续至今且难以更改。米饭是那种非常劣质的大米，不仅粗糙，而且还有一种怪怪的味道，让她极其不适应。

饮食上的单调乏味露瑶并不在乎，而最让她难以适应的是每到周末，全班所有邻近的同学一个个都兴高采烈一哄而散地与家人团聚，而自己却从人群中剥离开来，既要承受着孤独与寂寞，更备受思念亲人的煎熬！晚上休息时，常常被梦境惊醒。一天夜晚，她梦到养母在一间破烂不堪的茅草屋中伸着手呼喊着她的名字，年迈的养父却又疾病缠身。又有一次，她梦见丈夫因女儿不听话而动手暴打的场景……每当此时，她就会起床连夜给丈夫写信询问家中近况，随后就是千叮咛万嘱咐。每次给丈夫写信，她都会用去四五张信纸甚至都不够用，总感觉有着说不完的话，道不完的情。而性格比较内向的丈夫，每次回信都是寥寥数语，而且总是报喜不报忧，其主要内容就是叮嘱露瑶首先不用惦记父母，其次在饮食上不要过于节俭，要注意营养。第三就是对女儿尽管放心，他绝对不会让她受到任何委屈。每每收到丈夫简洁的回信，露瑶内心就会踏实许多。

期间，最让露瑶期待的就是每个周末与市区同学晓美的短暂团聚，进而感受那种“他乡遇故知”的情愫。每每相聚，她俩都会尽情地改善一下饮食，同时，可以互诉衷肠。即使如此，依然不能解决各自思念亲人的情怀，她们只有凭借拨打长途电话来释放她们对亲人的思念之情。但又感觉长途消费太高，为此，在拨打长途电话前，她们都要事先准备一番，否则，到时电话接通情绪一激动，就把想要说的话通通忘掉了。

晓美同丈夫刚刚结婚不足半年，新婚燕尔。上次周末打长途，是她来到学校第一次与丈夫通电话。那天，露瑶同晓美在其学校传达室，好不容易等待拨通了电话，晓美拿起话筒，之前一肚子想要说的话此时却一个字都说不出来，只见她一串串儿的眼泪止不住地往下掉，她丈夫在那边催其说话，她这边却在不停地抽泣……

转眼间，露瑶与晓美远离家乡已经三个多月了，终于又盼来了一个周末。这天，露瑶上午九点坐公交车来到市区晓美学校宿舍，她俩吃过午餐后，下午准备给家里拨打长途电话，而且，晓美让其爱人提前通知给露瑶的丈夫，四点下班直接到晓美家中等待接听电话。由于晓美爱人经常因公出差，常常路过学校看望晓美，这次的长途电话主要是为露瑶夫妇安排的。

为避免出现尴尬，露瑶事先把下午想对丈夫讲的事项列成了提纲。接通电话后，当露瑶听到分别数月相貌似乎在她的大脑中有些模糊不清千里之外丈夫那熟悉的声音，她的喉咙瞬间就有些哽咽，经过强烈的控制之后，她终于按照提纲同丈夫把要讲的话说完，而最让她激动的是丈夫告诉她：养母的病情经过他的多方寻医问药现在已经有所好转时，露瑶激动得一时竟然不知道如何应答，她一边落泪，一边哽咽着对丈夫说："好……太好了，真是苍天有眼呀！"随后，丈夫叮嘱露瑶："你在学校安心学业，家里有我在，你尽管放心！"当丈夫挂掉电话一段时间后，露瑶的情绪依然沉浸在养母病情好转的喜讯之中。

1992年元旦过后，归心似箭的露瑶终于盼到了寒假。回到家，露瑶第一时间直奔养母家中。她走进门儿，看到临行前卧床不起的养母，如今不仅已经腰板挺直地坐立在床上，而且，还十分清楚地叫出了露瑶的名字，其面色也从过去的麻木中恢复到正常状态。养母为向露瑶表示自己病情的好转，她不断而且清晰地叫出了丈夫和女儿以及几位亲朋好友的名字。当问起柱子对她怎么样时，她就用左手竖起大拇指且不够连惯地说道："好……儿子！"她的意思是柱子对待她，就像亲生儿子一样！

春节过后，四十天的寒假即将结束。随着假期的临近，面对即将与女儿和丈夫、亲人们的再次别离，露瑶对着家人从不敢提及开学事宜，只是默默地暗自做着开拔前的准备。

这天晚上，露瑶陪着女儿和丈夫正在看着电视节目《正大综艺》，在露瑶怀中，似乎全神贯注看电视的女儿忽然泪流满面。对于女儿的表情，露瑶和丈夫都好生奇怪，电视中的内容是正大综艺，女儿为何会流泪呢？

露瑶问道："宝贝儿，你告诉妈妈，看《正大综艺》怎么还流泪了呢？"女儿转过身来，说："妈妈，你还有四天就要开学了！"此时此刻，露瑶感觉到女儿小小年纪的坚强！她理解妈妈的理想和责任，更理解妈妈此时此刻纠结的心情，但是，她怕妈妈伤心，自己强忍着伤感，也不愿表露出自己同妈妈难舍难分的情绪……此时此刻的露瑶，好想抱着女儿痛哭一场，然而，她怕这样会增加亲人别离的痛苦，因此，露瑶强压着自己的感情依然保持着平静的面容，微笑且平静地对女儿说道：“宝贝儿，妈妈现在跟你一样都是读书的学生啊！你开学，妈妈也要开学，回学校只需四个半月就又要放假了，到那时，妈妈又可以同你和爸爸团聚了！”此时的女儿点了点头，露瑶接着对女儿说：“你只要安心上学，妈妈也就放心了。想妈妈的时候，就给妈妈写信或者画画儿，让爸爸给妈妈寄到学校。咱俩都要好好学习，共同拿出好成绩！一言为定！”说着，露瑶同女儿双双用小手指拉起钩儿来，玩儿起了女儿与小伙伴儿的游戏。此时的女儿终于破涕为笑！

露瑶回到学校两个多月后，这天下午上自习课的时候，她收到了丈夫的来信，信中说道：经过多方治疗，如今的养母不仅能够用简单的词语进行表达，而且，还能够由保姆搀扶着下地蹒跚行走了。露瑶看到此处，她止不住的泪水打湿在信纸上，同桌和邻近的同学发现后，十分关心地询问家中是否出什么事儿了。露瑶摇摇头向同学解释说：“没事儿，我是被信中内容感动得落泪了！”事后，她向同学讲述了丈夫不辞辛苦一边上班、一边为养母求医问药的经历后，同学们也都被露瑶丈夫对长辈的这种孝心所打动！

养母病情的好转，让露瑶的身心轻松了许多。为了回报家人，她发奋努力学习专业知识，力争以优异的成绩向家人汇报。渐渐地，上课时，她不再被家事“走神儿”所困扰，夜晚也不再被噩梦所惊醒，学习成绩在班中一路飙升，并且名列前茅，由此，多次受到校领导开会表扬以及同学们的一致称赞。一分耕耘，一分收获。露瑶的勤奋和刻苦换来了她优异的专业学习成绩，每一个学期，她都能够获得矿教育科颁发的丰厚奖学金，进而为家庭经济助以一臂之力！

进入第三学期，正值露瑶与同学们准备下矿实习且仅剩半年即将毕业之时，1993 年 11 月的一天上午八点半左右，她接到了传达室值班人员递送的“父病危，请速回”的电报通知，如五雷轰顶的露瑶，为能见到最最疼爱她的养父最后一面，急忙赶到火车站准备坐上午十点钟的直达列车，晚上十点即可到达当地火车站。

当她火速赶到火车站买到车票跑到检票口时，看到乘客均已进站，检票口刚刚停止了检票，露瑶被着实挡在了外面。此时，急切的露瑶手中拿着火车票和父亲的病危通知单，诚恳地向准备撤离的一位看上去比露瑶年长的女检票员请求道：“大姐，这是我上午刚刚接到父亲病危的通知单，我想坐这趟火车赶回家见父亲最后一面，现在尚未发车，求求您行行好，让我进去吧！”女检票员看到面前这位已经泪流满面的妹子，二话没说，立即大声向所有检票员说道：赶快打开门，让这位女同志进站！露瑶深深地向这位好心的大姐鞠躬表达谢意后，立即赶向即将发出的列车……

露瑶带着对检票员大姐的感激之情，经过十二个小时漫长的火车行程后，晚上十点准时到达了当地火车站，随着人流火速地走出了火车站口。当初，由于时间已经临近深夜，从车站到家中没有任何的交通工具，只有徒步大约五公里路程才能到家。无奈之下，露瑶只身一人行进在夜深人静且伸手不见五指的茫茫暮色之中。

此时，道路两旁，出奇的宁静。除了偶尔的“蛐蛐”或者鸟叫声外，只能听到露瑶急促行进的脚步声……此时此刻，她顾不得害怕，更顾不得想其他事情，心中只有一个念头：快些，再快些，老爸在等着我早些回家……虽说是严寒季节，但是，露瑶由于急切的心情加之几乎是一路小跑儿，当她赶回养母家时，脸上的汗水混杂着泪水直往下淌。

柱子自两天前给露瑶发出电报通知后，因一直没接到露瑶的音讯，他同左邻右舍和几位亲朋好友站在院门口正急得团团转时，猛然间，看到露瑶气喘吁吁地出现在他的面前，简直是悲喜交加。他立即接过露瑶的行李并安慰道："露瑶，你先坐下来歇一歇，不要过于伤心。老人家……昨天……已经安然地离开我们了！"露瑶闻听此言，她顾不得许多，直奔到养父的灵前，双膝跪地，号啕大哭："爸爸……女儿回来晚啦！"此情此景，在场的人无不潸然泪下。悲伤过后，两位婶子、大妈搀扶起露瑶，此时，她看到养父的双眼尚未完全合拢，堂哥上前告诉她："你爸他一直在等着你回来呢！"这时，露瑶上前，一边轻轻地将养父的眼睛合拢，一边哭泣着说道："爸爸，您放心，我一定会照顾好母亲的，您就安息吧！"

事后，柱子告诉露瑶，养父是在三个月前，发现饭后总是打嗝儿，柱子便同保姆带着他到医院做了 CT 检查，结果显示养父患的是食道癌晚期。柱子询问能否手术治疗时，医生说：其一，老人年事已高，而且体质衰弱，不适合手术。其二，病情现在已经进入晚期，即使手术，也不会维持太久。所以，医生不建议手术。并且告诉家人，准备好后事，患者想吃什么就给他吃什么吧！事已至此，柱子同亲友协商，为了不影响露瑶的学业，决定对其隐瞒了实情。

在养父患病期间，柱子另外给保姆增加了薪水，要求她在服侍好养母的同时对养父要精心照料，让老人家走好最后一程。同时交代对两位老人要隐瞒病情，他们一直对二老说养父只是呼吸道发炎，吃些中药即可痊愈。为了增强营养，叮嘱养父想吃什么尽管说话，丈夫会想方设法为其购买。在病发期间，养父只能吃少量流食，丈夫与保姆便一口一口地精心喂食。然而，三个月后，养父终因体力不支而辞世，享年 78 岁。

露瑶养父的离世，让这个家庭雪上加霜，再次蒙上了一层阴影，由于养母没有任何生活来源，露瑶与丈夫每月微薄的工资，不仅需要养家糊口，而且还要负担养母的生活费、治疗费及其雇佣保姆等一切费用，致使原本就不够宽裕的家庭经济条件显得更加拮据……为了分担丈夫身心上的压力，此时的露瑶突然有一个想法：能否向单位申请回矿完成日后半年的实习课程？她刚把这一想法向丈夫提出，被丈夫坚决的回绝！并且叮嘱露瑶：一定要坚持！

露瑶带着养父离世的悲伤重返学校后，她化悲痛为力量，通过不懈努力，次年，不仅较好地完成了实习和答辩，并且以优异的成绩再次获得了丰厚的奖学金，顺利地完成了三年的学业！

四、崭露头角

值得欣慰的是 1994 年 7 月露瑶毕业回到家后，看到养母在丈夫的照顾和保姆的精心服侍下，老人家不仅安然无恙，而且病情恢复得越来越好，她从内心感到高兴！

然而，不尽如人意的是当凯旋而归的露瑶回到单位时，她所面对的却是国企改革浪潮——正值煤炭企业精简机构减人提效时期。对此，露瑶不仅无怨无悔，而且泰然处之。因为，露瑶心想，之前，我之所以不惜任何代价选择委培深造，正是为了迎接自己人生道路上的严峻挑战！而且，历经三年艰苦的就读生涯，经历了家庭变故以及人生道路上大风大浪的考验，露瑶感觉自己变得更加成熟与坚强！因为，她从内心坚信的一条信念就是——没有共产党就没有新中国。只要跟党走，我们的日子会越来越好！

期间，矿领导机构更新换代，变幻莫测，半年一合并，一年一调整，机关人员提心吊胆，惶惶不可终日。期间，矿机关科室有一位副主任，因畏惧精简而舍妻弃子离家出走至今未归；还有一位普通职工，因唯恐被精简下岗，结果导致精神疾病……在这样一种动荡不安的背景环境下，经历了家庭变故的露瑶，开始经历职场上风吹雨打的考验。

露瑶自 1994 年 7 月回矿两年时间内，伴随着企业改革的浪潮，她的岗位也是随波逐流，漂波不定。然而，无论被安排到哪个岗位，她都会全身心地投入工作，扎扎实实尽职尽责。而且，在做好自己本职工作之余，露瑶积极给工会投稿，进而，使她的写作潜能得以充分发挥。

1996 年 9 月的一个周末，露瑶在去养母家的途中，遇到工会王干事同妻子一起上街，二人主动并热情地同露瑶打着招呼，三人正好同路，开始边走边聊。

王干事说道：“露瑶，你的文笔不错，能否把你三年上学期间，你的丈夫在家一边上班、一边照顾两位老人和女儿的故事写出来呢？”露瑶感觉自己的水平有限，唯恐写不好，但又不好意思拒绝，随即答应道：“我试试看吧。”

王干事的妻子接着说道：“露瑶不仅文笔好，人品也好，提起你们两口子，街坊邻居都会竖起大拇指！特别是你们夫妻二人对养父母的孝顺，大家都看在眼里。人们交朋友，也愿意交你们这样的朋友！”

这天在养母家吃过晚餐后，八点钟，露瑶同丈夫、女儿回到家中。女儿写作业，露瑶同丈夫看了会儿电视，待家人上床休息后，十点钟，露瑶开始挑灯夜战，兑现王干事上午交办自己的任务。此时露瑶铺好稿纸，拿起笔，却不知从何下笔，眼睛盯着稿纸陷入了沉思……进而，三年的风雨兼程历历在目，此时的她感觉要写的东西实在是太多、太多了，于是，她开始随着自己的思绪，想到哪儿，写到哪儿，顷刻间，她把三年来自己想要倾诉和对丈夫想要表达的感情，犹如潮水般从内心流淌了出来，并且通过笔尖飞快地跃入纸上，不知不觉，十几张稿纸已经写满，经过整理和复写，三千多字的作品终于成稿，查看时间已经是凌晨两点半。

八点上班后，露瑶便将文稿交到了工会，王干事看后，不仅一字未改，而且连连称道。半个月后，地方报副刊利用半个版面刊登了这篇纪实文学，而且，在矿区内引起了强烈反响。不久，露瑶接到她高中时期一位大学中文系毕业资深女教师打来的电话，她说道：“露瑶，你的文章我读过了。文章写得情真意切，感人至深，催人泪下！”露瑶听到这位她一向非常钦佩的高中语文老师的评语，非常感动。露瑶回答道：“老师，感谢您的认可！此文是我自己的亲身经历，也是我的真情流露！”

这天上班时，甄老师的爱人通过打听，专程找到露瑶办公室，向其表达她看过这篇文章的真实感受，她对露瑶说道：“昨天中午，甄老师把刊发你文章的报纸带回家，一进门就对我说：‘告诉你，机关近日有这样一件事情：前天，地方报发表了露瑶的一篇文章，机关科室人员纷纷抢着传阅。我已经看过了，写得真好！今天，我给你带回一份报纸，你得空时也看一看。’昨天，吃过午餐后，我就开始阅读。我一看文章的头一句，心里‘咯噔’一下即刻被揪了起来，之后，我一口气读完了全文。一句话：写得太真实、太感人了！”随后，她通过露瑶的身世，畅谈了自己的经历。并且从此后，同露瑶结下了深厚的友谊……

五、披荆斩棘

1997年春节过后，随着矿精简机构的深入进行，同露瑶一起的矿属八名区队核算员岗位被“一刀切”裁减且全部回家待岗。经过不懈努力，最终落得“下岗”回家的结局，对于露瑶来说，她是一千个、一万个不甘心！然而，大势所趋，她无能为力。

回到家的露瑶，面对半身不遂的养母、小学即将毕业的女儿和包括保姆在内一家老小五口儿人的生活重担，单凭丈夫微薄的工资实在难以维计。彻夜未眠的露瑶经过深思后，认为目前的自己必须从长计议，于是，她果断做出决定——走出家门，到外面创业！

天无绝人之路。不久，露瑶凭借自己的写作特长，通过亲戚引见，在距离本矿十公里的县城应聘到一份广告公司中的策划职业，即通过采编进行广告策划宣传，三个月后即可拿到保底工资五百元。之后，根据业绩另外给予加薪奖励。如此丰厚的工资待遇，对于当初月工资只有二百多元而且连续三四个月拿不到工资的露瑶夫妇来讲，简直是“柳暗花明又一村”呀！露瑶把家庭琐事安排妥当后，第二天，便融入到了公司策划部安排自己的采编角色。她白天上班，晚上暂时居住在堂哥家中。正当露瑶与策划部三位同事每天不断的采访、录像、编排、撰稿忙忙碌碌做了半个多月时，一天，她接到了自己所在单位打来的电话，通知她“于4月14日到矿工会报到”。在此干得热情正高的露瑶，被这突如其来的骤变搞得有些不知所措。晚上，同在一个单位的丈夫打来电话告知：据说，工会王干事已经退休，矿上决定让你接替他的宣传干事工作。同时获悉，八名核算员中，你是唯一一个被安排上岗的人员。对此，我们应该感到庆幸！

既然如此，第二天，露瑶便向广告公司经理说明了情况，要求辞去现在的工作。虽然经理对露瑶的离开感到惋惜，但从个人长远打算，他还是赞同露瑶离开的决定。随后，露瑶即刻返回。

这天下午，露瑶按照通知约定来到矿工会办公室。工会小杨与其打过招呼后，说道：“领导找你谈话，你现在就到主席办公室吧。”

露瑶来到工会主席办公室，主席热情地给露瑶倒了杯水后，指了指对面的椅子说：“露瑶，请坐。”露瑶落座后，主席说道：“工会原来负责宣传的王干事已经退休，矿党委通过研究决定由你来接替他的工作。你的工作主要包括全矿范围的宣传、职工家庭纠纷调解以及工会文秘等，任务艰巨，责任重大，根据矿领导对你的了解，我们相信你一定能够胜任并且干好分管的工作。今天，你先准备一下，从明天开始，你就正式进入角色。”

露瑶站起身来，非常坚定地对主席说道：“首先，我要感谢矿领导对我的信任。特别是在我生活处于低谷时，能够给予我这次重新上岗的机会。请主席放心，我一定竭尽全力投入工作，为企业做出自己应有的贡献！”

按照领导安排，露瑶同王干事办理交接并与其熟悉一周工作后，开始独自投入角色之中。由于露瑶之前的基础，她很快承担起了矿领导赋予自己的重任，月度考核中，本矿宣传工作不仅在各基层单位中名列前茅，而且，对外宣传成绩突出，受到各级领导的首肯。

当露瑶在工会工作半年后，机关再度进行机构精简，科室人员的各路关系网跃跃欲试，力图通过关系免于下岗。而尚无任何关系的露瑶，再度被推到了濒临下岗的边缘。所幸的是矿领导英明决策，秉公办事，出台具体精简方案：第一，工作业绩突出；第二，学历文凭领先；第三，年龄限制在四十五岁以下。由于露瑶三个条件完全具备，最终筛选过关。

1997 年年底，矿领导再度升迁变动，新一届班子决定撤销政工科室，露瑶和其他政工人员全部下调到基层单位。1998 年春节过后，因工作需要，露瑶又被重新调回机关行政办公室从事文秘兼宣传工作。

进入 1998 年下半年，矿再次划分为一矿、二矿，机关大部分人员下岗，露瑶有幸被安排到二矿工作的同时，她又收到了机关总部人事科的一纸调令：被正式调到机关总部行政办公室秘书处从事文秘兼档案管理工作，从此，露瑶便从基层一名普通女工晋升为正式的企业管理干部。

露瑶调入总部机关后，除阶段性地撰写材料、档案管理并参加各种类型的会议外，还负责采访编辑《宣传简报》，进而，她不仅在写作上得到了锤炼，也收获了众多人脉。除完成好本职工作外，她会利用业余时间每天阅读当天的报纸。

期间，正值女儿小升初直至中考过渡阶段，露瑶良好的工作环境和优越条件，也为女儿平稳顺利地通过中考，晋升理想高中铺平了道路。其中有一段令人难忘的经历，不仅留下了美好的回忆，也为女儿的事业及其人生增添了色彩……

露瑶所在的机关总部为三层办公大楼，坐落于煤矿中心位置，是由当年赫赫有名的设计师设计而成的，不仅结构合理，而且冬暖夏凉，其楼顶为设计师“王”姓造型。机关大院四周绿树成荫，环境优雅。一楼秘书处总共有两间办公室，进入办公楼左侧为大小套间，里边小间为主任办公室，外边大间为机要秘书和行政主管以及矿领导随行人员，隔壁套间为文秘办公室，里边小间为副主任办公室，露瑶及法律事务人员在外边大间办公室工作。

这天早晨 8 点上班后，露瑶按部就班地到隔壁办公室拿到最新报纸阅读，无意中从《工人日报》发现一则征稿启事《给下岗的爸爸妈妈写封信》，对此，引起露瑶的高度重视。她想，借此机会，何不让即将小学毕业的女儿进行一次尝试呢？

于是，露瑶中午便把这张报纸带回家中。一家人吃过午餐后，露瑶把报纸交给女儿，让她根据征文要求，按照自己的思路给爸爸妈妈写一封信。看过征文启事后，女儿有些为难地对露瑶说：“妈妈，我怕写不好。”露瑶对女儿说：“孩子，妈妈之前不是下过几天岗吗？你就按照自己的思路，怎么想，就怎么写，把你想要对妈妈说的话以一封信的形式写出来。写完后交给我，哪里不合适妈妈会帮你修改。”在露瑶的鼓励下，女儿总算勉强答应了。

晚上，柱子在里屋看电视，年仅 14 岁的女儿便在露瑶经常写作的床头柜上利用不足一个小时的时间，一气呵成完成了妈妈交给她的任务。看到露瑶从外面进屋，女儿站起身对露瑶说：“妈妈，我写完了。”露瑶心中暗想，女儿怎么写得这么快呀，该不是在敷衍我吧？然而，当她读完女儿写的这封信后，感到非常欣慰。因为，从女儿写给妈妈的这封信中，首先，让她感到女儿的想象力极其丰富；其次，女儿能把自己的经历应用到这封信中。露瑶感觉没有任何需要改动的地方，第二天，露瑶便把女儿完成的这次征文寄出。

半个月后的一天下午，正在办公室专心致志写材料的露瑶，听到窗外一阵敲打玻璃的声音，抬起头，发现女儿的班主任许老师手里举着信封和报纸兴高采烈地向她打着招呼，露瑶即刻迎了出去并把许老师请到自己办公室坐下。许老师把手中的报纸和信封递给露瑶说道：“你的女儿真优秀，看看吧，她写的文章已经发表在《工人日报》了！”露瑶接过报纸一看，果真是女儿写的那篇征文，便情不自禁地说道：“哇，这么快就刊登了啊！”年底，许老师又给露瑶送来了报社寄到学校女儿的征文奖状和奖金汇款单。许老师平日就常对露瑶夸赞女儿，这次看到她小小年纪竟然在国家级的报纸上发表文章并且获奖，更是赞不绝口！

进入20世纪末期，露瑶所在的这个历史悠久的百年老矿，由于资源枯竭、资不抵债，于1999年年底被迫申报破产。期间，全矿职工连续三四个月甚至半年拿不到工资，职工生活陷入低谷。同时，煤矿中小学的学风也受到影响，一度陷入混乱和低迷状态。为了不影响子女的学业，部分家长纷纷给学生转学。无奈中，露瑶也通过关系，将女儿转学到外地一所封闭式学校就读初中，女儿只好每天在学校吃住，周末休假回家一次。

煤矿申报破产后，下一步，整体进入破产重组阶段，并构建了由省领导亲临指挥的破产重组领导小组，矿属所有职工依照程序按级别、分层次，通过公开、公正、公平的竞聘方式择优录用。由于总部和新筹建煤矿及附属单位仅有两千左右的岗位，这就意味着全矿在册职工包括领导岗位，暂时只有三分之一的人员能够上岗，其余职工要么结算回家，要么只有下岗等待就业……残酷的现实摆在职工面前，经历了破产打击的数千名职工，顷刻间又被推向了竞争上岗的风口浪尖之上。

按照机关科室竞聘步骤，露瑶申报机关总部的第一志愿未能如愿，只有期待第二志愿即新筹建煤矿机关的“文秘兼宣传干事”岗位。通过上台演讲，领导小组现场打分，露瑶终于在五名选手中获胜，实现了竞聘上岗的意愿。所幸的是其丈夫凭借自己的技术操作实力，赢得了与露瑶同单位的技术工种岗位，实现了夫妻双双竞聘上岗的志愿。

六、悲欢离合

自 2000 年露瑶竞聘到新筹建煤矿股份企业公司，直至 2014 年退休，十五年间，她经历了公婆去世的变故；时隔半年，又承受了十分爱戴的养母离世后的悲伤；即将退休的她，又承载了痛失丈夫的沉重打击……

宝剑锋从磨砺出，梅花香自苦寒来。是的，生活曾带给露瑶无数的压力与挑战，也给予了她极大的欢欣与鼓舞。十五年来，她亲眼见证了通过自己的不懈努力和奋斗，换来的是女儿顺利通过中、高考并以优异的成绩完成大学本科学业，乃至日后凭借女儿自身优势和聪明才智在京城创业并且逐步走向成功！与此同时，露瑶通过自己的骄人业绩，实现了她从小一直向往的作家梦。对此，她感到无比骄傲和自豪！

发表于 2016 年 10 月 19–20 日（连载）《文悦圈》

（本文人物姓名均为化名）

随感随笔

读《孙庄煤矿淹井事故损失惨重》随感

看了1996年12月20日《河北工人报》刊登的“孙庄煤矿淹井事故损失惨重”一文，作为一名曾经在该矿度过一个多月实习生活的我，痛心与遗憾之情油然而生。我仿佛亲眼目睹了这场灾难的发生和经过，几天来心情总是不能平静。那里，有与我在职工中专就读三载的11名同学，他们的遭遇令我同情和担忧，他们将如何度过这一困境？他们的出路又在哪里？

记得在校时，峰峰矿务局孙庄矿的11名同学，曾个个以自己是孙庄煤矿的职工而引以为荣。从他们言谈话语中所流露出的那种对孙庄矿的挚爱之情，着实令人羡慕，他们对孙庄矿拥有一个共同信念，那就是：在孙庄矿一定会大有作为。他们也就是在这种信念的激励和鼓舞下，默默地发奋学习，立志回矿后，要干出一番事业，报效养育自己的矿山。然而，转眼之间，灭顶之灾把他们的远大抱负连同他们所热爱的矿井统统给淹没了……

无情的祸端，带来了惨重的损失，引发出沉痛的教训。贯彻落实《煤炭法》，清理整顿小煤窑，确保国有大矿安全正常生产！这不仅仅是峰峰10万矿工的呼声，也是国有大矿职工的呼声！

孙庄矿的11位老同学，俗话说：“月有阴晴圆缺”“天有不测风云”。你矿被淹，虽说是由界城镇北界城煤窑超层越界开采 F6 断层防水煤柱引发奥灰水突出造成的，但它终属一场灾难。借此机会，我奉劝各位，一定要振作起精神，重鼓士气。有道是：天生我才必有用。天宽地广，总有路可走。我衷心地祝愿你们：最终能够找到自己的位置！

发表于《河北工人报》1997 年 1 月 23 日

人在旅途

——读《珍惜过程》随感

其实人生，就像似乘坐火车旅行一样。上车——旅途——下车，就是如此一个简单的过程。

唯一不同的是：坐火车，在始发站到终点站的列车上，你需要在哪个站台下车，是你在上车前就已经确定了的，这是由你所去目的地所决定的。

而我们的人生旅途，从你赤裸裸地来到世上，只要活着，就说明你仍在旅途之中，然而，究竟何时下车告别这个世界，你却不得而知。也就是人们常说的：人生，只有始点，没有终点。或许，下一站你就该下车结束自己人生这趟旅行了，但是，因为你并不知晓，所以你还在做着长远的人生旅途计划。然而，经常性的如此这般，岂不是一种徒劳？

因此，人生旅途中，我们只要过好现在的每一天，才是一种清醒的人生态度，也就是：活在当下。忘记昨天的事，做好今天的事，打理好明天的事。

在人生的旅途中，有两种人。一种人抓住了途中的美好时机和美丽风景，他们是带着满意和充实而去的；另一种人，在人生最美好的旅途中，或是玩乐，或是谈天，或是昏昏欲睡碌碌无为，他们错过了太多的美丽，这些人是带着后悔和遗憾而走的。在这短暂的人生旅途中，何去何从，只有靠我们自己去把握。

由此可见：一个人命运的结局，完全掌握在你我手中。人生就是一种过程，是一种以生为始不以死为终的过程。人在旅途，千万不要错过途中的美丽风景。珍惜生命的过程，即使是短暂的一生，也可以创造出无限的辉煌！

写于 2009 年 9 月 18 日

有这样一位老船长

近日上网，阅读了《被人相信是一种幸福》一文后，感动中深受启发。该文讲述了这样一个故事：

一艘货轮在烟波浩渺的大西洋上行使。一个在船尾搞勤杂的黑人小孩不慎掉进了波涛滚滚的大西洋。孩子大喊救命，无奈风大浪急，船上的人谁也没有听见，他眼睁睁地看着货轮拖着浪花越走越远……求生的本能使孩子在冰冷的海水里拼命地游，他用尽全身力气挥动着瘦小的双臂，努力使头伸出水面，睁大眼睛盯着轮船远去的方向。可是，船越走越远，船身越来越小，到后来，什么都看不见了，只剩下一望无际的汪洋。孩子的力气也快用完了，实在游不动了，他觉得自己要沉下去了。放弃吧，他对自己说。这时候，他想起老船长那张慈祥的脸和友善的眼神。不，船长知道我掉进海里后，一定会来救我的！想到这里，孩子鼓足勇气用生命的最后力量又朝前游去……船长终于发现那黑人孩子失踪了，当他断定孩子是掉进海里后，下令返航，回去找。这时，有人规劝："这么长时间了，就是没有被淹死，也让鲨鱼吃了……"船长犹豫了一下，还是决定回去找。又有人说："为一个黑奴孩子，值得吗？"船长大喝一声："住嘴！"终于，在那孩子就要沉下去的最后一刻，船长赶到救起了孩子。

读了这个故事，我在为黑人孩子深感庆幸的同时，也被老船长的坚定立场所折服，更为老船长所具有的高尚情操和博大胸怀而感动！

首先，老船长对船员有着高度负责的态度。在尚未听见这个在船尾搞勤杂的孩子喊“救命”而且时间已经过去很久的条件下，是船长发现了失踪的孩子。如果船长不去顾及船员们的安危或者疏忽大意，孩子的失踪就不会被发现。

其次，老船长有着毫不动摇的坚定立场。在船长下令回去找人时，面对个别人的规劝“这么长时间了，就是没有被淹死，也让鲨鱼吃了……”，船长只是犹豫了一下，还是决定回去找。此时，如果船长立场稍有动摇或者说半途而废，孩子获救的希望就会破灭。

第三，老船长有着一视同仁的领导风范。当船长二次下令回去找人时，又有人说：“为一个黑奴孩子，值得吗？”船长大喝一声：“住嘴！”如果船长瞧不起这个搞勤杂的黑人孩子，那么，孩子就会在歧视中丧命。

第四，老船长有着襟怀坦白的大度胸怀。当船长听到黑人孩子说：他之所以能够坚持下来是因为他一直坚定船长会救自己的信念时，白发苍苍的老船长“扑通”一声跪在黑人孩子面前，泪流满面：“孩子，不是我救了你，而是你救了我啊！我为我在那一刻的犹豫而耻辱……”

读了这个故事，我在想：黑人孩子啊，今生今世，你能遇上这样一位老船长，是你的幸运和福报！同时，故事还告诉我们一个道理：濒临绝境，哪怕有一丝一毫的希望，也绝不可以放弃！或许，你竭尽全力做出的最后努力和坚持，就是你绝境逢生的“金钥匙！”

写于2010年3月4日

一件军大衣

——读《铁凝：幸福就在此刻》随感

近日，有幸通过手机微信朋友圈儿，阅读到了中国作家协会主席《铁凝：幸福就在此刻》一文，读后感触颇深。不禁对我们六七十年代人群的生活习惯和思想观念感到落伍，同时，也为国人生活水平提高和时代的发展进步，感到由衷的欣慰！

阅读《铁凝：幸福就在此刻》一文后，不仅破解了我一直以来对“幸福”二字的迷茫和困惑，更让我明白了“幸福”生活的真谛！同时，也让我感悟到：幸福时刻来临却不懂得珍惜，终将是人生极大的遗憾！

对此，最让我刻骨铭心的是丈夫的一件军大衣——

那是80年代初期，我同丈夫结婚不久，闲暇时，曾听他对我说过特别喜欢一件军大衣。我知道，当初，那种部队穿的军大衣较为流行，而且比较稀缺，只能从专卖店才可以买到，而且价格相对来讲比较贵。大约结婚两年后，女儿刚刚一岁左右，因为我和丈夫参加工作不久，加起来的工资还不足200元，再加之上有老下有小，经济条件比较拮据。然而，为了满足丈夫的心愿，我还是特意托人到专卖店为其购买了一件他特别喜爱的军大衣。

然而，自这件军大衣买回家之后，丈夫虽然高兴至极，但却因为喜爱一直将其束之高阁不舍得穿。特别是张家口地区冬季数九寒天时，军大衣最大的优势就是能够遮风挡寒，然而，无论我如何相劝他都不肯穿在身上。究其原因，他说：凡是自己心爱的东西，用过了，就成为旧的了，内心总有一种不舍的感觉。

那年冬季，丈夫身患感冒发烧且咳嗽不止，我陪他去医院诊治，医生经过检查，说："没事，只是受了些风寒。"打过退烧针，开了些消炎药，并且叮嘱要注意保暖。即便如此，回到家，我取出那件军大衣让他出门儿时穿上，他依然不听劝告。对此，我十分生气，将此事告知他的姐姐，大姑姐也对丈夫好言相劝，但都无济于事。

结果，随着时代的变迁，我们观察到军大衣渐渐成为门卫下夜者的"专属品"，再后来，又成为农民兄弟冬季外出挡寒的"专利品"。

随着时间的推移，我们搬家两次，虽说丈夫这件心爱的军大衣已经被历史所"淘汰"，但是，他始终爱不释手，既不舍得送人，更不愿意将其丢弃。

值得欣慰的是，随着社会的进步和时代的发展以及生活水平的提高，丈夫的思想观念总算有所改变。特别是伴随着我们 80 后女儿的成长，在其对我们二老大行孝道的过程中，也渐渐改变了丈夫的陈旧观念。

女儿自 2008 年毕业通过应聘在北京参加工作以来，家中无论吃、穿、用的东西，女儿都会慷慨解囊，鼎力资助。只要得知老爸喜欢什么牌子或者材质的衣服，无论价格多少，她都会倾心尽力给予满足。而且，女儿买给丈夫的衣服，他也一改以往"不舍"的陈旧观念，兴高采烈地穿在身上，那种发自内心的幸福感会全部写在他的脸上。

2012年夏季，单位安排临近退休的我去北戴河休养半个月，此时，我想到同在一个单位的丈夫因工作繁忙，上一年班儿也不肯休息几天，就借此机会劝说他带薪休假同我一起去北戴河休养。起初，丈夫借故工作脱不开身而再三推托，我便瞒着丈夫直接找到区队领导为其提出休假申请，对此，区队领导非常理解和支持，并且快捷地为丈夫办理了休假审批手续。事后，丈夫对于我先斩后奏的行为有所不满，但事已至此，他也只好言听计从了。

女儿得知我们二老要去北戴河休养后非常高兴。她因工作繁忙脱不开身不能陪同我们前往，便提前预约秦皇岛的同学驱车接送，还为我们预订了从北京——北戴河的动车票，并且要求我们提前两天到达北京女儿居住的公寓。之前，女儿还为我们提前购买了一款情侣智能手机，还专门为我和她老爸买了两套夏季穿的新款衣服。

北戴河期间，丈夫乐此不疲，不断与同去北戴河休养的同伴儿们分享着社会、企业和家庭特别是心爱女儿带给自己的幸福生活。

然而，天有不测风云。就在当年的12月中旬，一向精神焕发的丈夫因背部不适而被查出了肺癌晚期。经过四个半月北京军区医院专家的确诊和会诊治疗，最终，也没能挽回他年仅53岁的生命……

丈夫因病离世后，他的那件搁置30年从未穿过崭新如故的军大衣依然整洁、平整地放在皮箱之中。那天，看着这件丈夫非常喜爱却始终不舍得穿在身上的军大衣，我浮想联翩，内心久久不能平静……为了逃避日后“触景生情”，我在转卖原来居住的楼房时，还是将这件军大衣随同房屋一并留给了房主。

人生的旅途中，我们都在追求着幸福，然而，当幸福时刻就在眼前时，我们往往却在不经意间让它擦肩而过，将幸福时刻变成了终身遗憾！

生活中，我们总在不一而终地寻找着幸福，为了过上幸福生活而不停地忙碌、打拼——然而，当我们停下奔波的脚步回过头来仔细一想，其实，正如铁凝主席说的：幸福就在此刻！

人生苦短。让我们珍惜拥有，把握幸福，尽享幸福时刻，切莫让幸福从我们的指间流失！

发表于《阳光》杂志 2015 年第 9 期

折耳根

2011年的阳春三月，我有幸与集团公司的三位同仁一道到昆明参加全国新闻研修班。

由于首次来昆明，对于这里的风土人情比较陌生。而且，期间恰逢阴雨天气，与北方常年干燥的气候形成了极大反差。然而，最让我感兴趣的是来昆明的第一天所吃到的一道“凉拌折耳根”，让我再度领略到了“一方水土，养一方人”这句俗语的真实所在。

来到昆明研修班所在地的第一天，办理完入住等相关手续后已经是晚上八点多。由于已经超过餐饮时间，会务组工作人员带着我们和山东来的十几位学员来到附近的一家餐馆就餐。山东的学员与我们一见如故，大家欢聚一堂，共进晚餐。

经过一天的长途跋涉，带着一身疲惫的学员们坐到饭桌前，才感觉到肚子饿了。每上一道菜，大家也顾不得问菜名，只顾兴致勃勃地吃了起来……

当一盘凉菜端上桌，我看到同桌的两位山东女学员吃了一口后直吐舌头，显示出异样的表情。出于好奇，我也夹了一口放进嘴里进行品尝，感到有一种怪怪的又说不出来的味道，并且让人有些倒胃的感觉。待我向同桌的学员请教“这是什么菜”时，看到大家都摇摇头回答不上来，只好请教餐馆的服务人员。方言较重的一位服务员用自己不够标准的普通话向我们讲解，学员们还是听不懂，最后，我们让她说一说这种菜汉字的具体写法，这样，大家才得知菜的名字叫作“折耳根”。

用过餐之后，在回酒店的路上，学员们还在讨论着“折耳根”那异样的味道。会务组的一位同志向我们介绍说：“其实，这可是当地一种老少皆宜的上口菜，人们煲汤时还会用它来调味呢！”我听后，感到有些诧异，心想，难道这种令人倒胃的菜还能用来调味儿吗？转而又想，或许，“折耳根”就像我们北方人们爱吃的“香菜”和“苦苣菜”、“臭菜”之类的野菜一样，外地人也会吃不惯，真可谓“一方水土，养一方人”啊！

事后，通过上网查询资料得知：折耳根，学名鱼腥草，用鼻子凑近它，好像是透着一点鱼腥味儿，并由此而得名。早在千年前，它就已是民间养生保健、防病治病的良药，那时的人们就已经懂得用折耳根来清火解暑。折耳根不仅是民间常食的野菜，也是传统药用植物，有清热解毒、消痈排脓功效，并且无毒副作用，长期食用有益身体健康。尤其炎炎夏日，一年阳气最盛的季节，人体新陈代谢也到了最旺盛的时候，用折耳根入菜，不仅大开胃口，增进食欲，改善消化功能，而且有利于消火祛暑、清热解毒，是难得的夏季养生一宝，对身体健康大有裨益。折耳根做法很多，凉拌佐餐使人开胃，也有炒食、煎汤、煮粥、炖肉等不同的食用方法。

写于 2011 年 4 月 12 日

幸福的旅行

——写在 2015 年“五一”劳动节暨“母亲节”之际

伴随着《时间都去哪儿了》这首歌在大江南北的唱响，冥冥之中，我似乎大彻大悟了许多，抑或受到中国作家协会主席铁凝《幸福就在此刻》一文和敬一丹老师在退休告别主播生涯时，讲述一位现年 95 岁高龄阿姨 60 岁退休时做出 30 年计划并一一实现的故事影响，在今年“五一”节前后，我先后远程张家界和附近北京相继来了两次“说走就走”的旅行，虽说有些劳累，但着实让我享受到了其中的愉悦和乐趣，体验到了人生的快乐与幸福！

湖南长沙之旅

“五一”前夕的 4 月 17—23 日，我们平日每天早晨一起在公园跳操的五个姐妹，随同当地旅行社组团到湖南长沙、凤凰古城、张家界展开了七日游，让我首次尝试到了“跟团”的滋味儿，而且，最让我们感同深受的有四大收获：第一，用手机随行记录了导游介绍各景点的相关知识以及风土人情；第二，用相机拍摄收集了大量文字资料；第三，拍摄到了具有纪念意义的人文景观照片；第四，增进了姐妹之间的友谊。

此次出游，感觉美中不足用现代语来形容的话就是：一个字“累”！两个字“太累”！特别是第五天在张家界攀登百龙天梯乘坐“世界第一梯”排队时的情形，“累”得实在让人难以承受。

这天，从早晨 8 点开始排队，直到中午 12 点整整排了四个小时。黑压压数百人的游客一个挨着一个站立在大约一米高、二十公分粗铁管围成的护栏中，形成两人一排犹如长龙一样弯弯曲曲的队形，游客们等几分钟，向前挪两步；再等几分钟，再向前挪两步，就这样挪挪停停，缓缓地向前挪动着脚步。有人想方便憋不住了，怎么办？只见他们向维持秩序的交警提出申请，委托身边熟人占好位置，迈过铁栏杆赶紧找地方方便后，立即赶回原地。可惜呀，游客们的大好时光就消耗在了这种漫长而无奈的等待之中。

随着时光的流逝，排队的陌生人也渐渐地开始聊天解闷儿了。好在现代科技发达了，人们手中多数都拥有一部智能手机，可以上网聊天儿、阅读小说、玩玩儿游戏等，然而，在这种无奈的环境氛围中，我想，用智能手机聊天儿的人们，也不会有什么好的心情，想必都是在向亲朋好友发着牢骚，抱怨这种无奈而乏味的观景形式吧！

由于我个人比较喜欢写东西，在这种情况下，正好利用这段闲暇的时间，用手机敲打着文字，随意写写最近没空儿写的日记，不仅尝试到平日很少站立写作的滋味儿，而且，也不会感到无奈等待中时间的过于漫长。

自早晨 8 点历经两个小时，刚刚挪了横跨不足 10 米的距离，进入按人头点数放人的上坡攀登台阶地段儿。仰头向上望去，因为不是直线攀登，再加上有森林遮挡，一眼根本望不到顶，也不知道还需爬上多高才能到达目的地，根据导游和门口屏幕上提示：全程大约需排队三个半小时，看来，排了两个小时的我们从现在起至少还需一个半小时吧。按照日常的生活规律，我吃了带在身上的一个苹果后，感到不仅解渴还增强了些许体力，同时也增添了一些耐力。在此，人们一边仰视着上方，一边一步步登着望不到头的台阶……

一个半小时之后，我们终于在 11 点 50 分登上百龙天梯进入“世界第一梯”。天梯中，一瞬间，只用了短短五六分钟便到达顶峰。顶峰平台上，有一个只能容纳七八个人的观景台，而且，狭窄的空间中央，早已提前架设了一个四角八叉的摄像机架，架子上边坐着一个专门收费的摄影人，面对陆续不断的游客争先恐后在此拍摄张家界峰峦全貌，架子上居高临下的拍摄人不停地呼喊着只有他才能拍摄到全景。然而，随便他怎么呼叫，就是没人理他的茬儿。还好，观景平台上除了被占据的架子中央还有一个角落可以拍摄到全貌，在后边游客的催促下，我们五个姐妹也只好由一个人轮流为其他每个人匆忙拍摄一张全景照而草草收场。

吃过午餐，我们游览了袁家界风景区、天子山风景区并瞻仰了贺龙元帅铜像后，四点钟开始下山，据导游说需要经过 6700 个台阶才能到达平地。

真是上山容易下山难啊！面对困难，我们年龄都在 53 岁以上的五个姐妹，看到团队中 70 多岁的老大姐、老大哥们那种顽强精神，也只有横下一条心：绝不能掉队！

为了平稳并且下得快一些，我们双双搀扶着开始一个一个地走下台阶。期间，我既不敢细想 6700 个台阶这一天文数字，又不敢向下观看，只是全神贯注、小心翼翼地一步一个台阶地向下走着。内心就像穿越到了天空一样身体有种轻飘飘的感觉。由于提心吊胆，简直费心又费力，刚走一截儿就会气喘吁吁。然而，小徐和我一直走在五人中的最前边，我俩下一段台阶，只要遇到能够坐下的石头或者平台，就马上抓紧时间坐下休息片刻，看到其余三位姐妹跟上来，就马上起身继续行走。迎面看到有二人抬轿向上走的商家，我对同行的小徐说道：与其坐轿子，不如自己行走心里踏实些。虽说省力，但会更加揪心，总会担心抬轿之人脚底有所闪失。对此，小徐也有同感。

同路的年轻游客，虽说同样费力，但仍不忘拍摄留念，途中，时不时地听到他们喊出“茄子”的声音。当初，小徐幽默的一句话“都累成这样了，还‘茄子’呢！”至今想起，都会令人发笑不止。

经过 6700 个台阶、历时近两个半小时的长途跋涉，我们终于到达了一马平川的“十里画廊”。此时筋疲力尽的五个姐妹放弃了小火车的浏览，在夕阳西下中行走在风景优美的天然“画廊”之中，尽情地领略着大自然的风光。此时此刻，起初想象中犹如天文数字的 6700 个台阶带给我们的焦虑和身心的疲惫，早已烟消云散。途中，我们一边观景，一边拍摄，一边畅谈着美景带给我们的快乐！面对着惟妙惟肖的自然景观，此时，我才终于明白了“十里画廊”名称的由来。

首都北京之行

4 月 23 日从张家界返回在家休息一周后，应北京工作的女儿利用“五一”小长假之邀，于 5 月 1—4 日，我又在女儿的陪同下，来到首都北京香山公园和植物园进行了短期旅游。此行，与其说是在“旅游”，不如说是女儿她在千方百计为我驱散张家界远程旅游疲劳而精心策划的短期“休养”。

5月1日中午11点，我乘坐的公交车顺利抵达首都北京，女儿准时接站，在回其公寓途中，因市内假期拥堵，原本只需二十分钟即到，却足足堵了有半个小时，而且，回家的途中便下起了小雨。我想，正好缓解一下之前持续高温带给人们的闷热气氛。

两点钟，吃过女儿提前预订的午餐后，根据天气预报得知下午北京有小到中雨，女儿听取我的建议，放弃自驾车而选择“打的”前往提前预定好的“香山饭店”，经过一个小时的车程，临近酒店时，看到外面的雨越下越大，街上来往的游客或打着雨伞或穿上了雨衣。

到达酒店前台办好手续，来到房间一看，并不是女儿电话中说的因预定较晚、房间比较简陋，我感觉较之张家界入住宾馆条件要强百倍。正如网上介绍的香山饭店是一座融中国古典建筑艺术、园林艺术、环境艺术为一体的四星级酒店，酒店位于北京西山风景区的香山公园内，坐观自然美景，景色各异；依傍皇家古迹，人文积淀厚重；此地水清气新，为休闲旅游健身的佳境。

我和女儿住在二楼。进入房间，首先，从阳台向外观看，映入眼帘的是对面的山水和川流不息的小瀑布，风景十分怡人。此时，雨还没停，就看到个别游客已经按捺不住诱人的风景而前往拍摄。

第二天早晨，雨过天晴，而且经过头一天雨水的洗礼，青山绿水的景色更加优美。因知“秋天看红叶”，所以，我和女儿放弃了上香山，只是围绕着山脚下的景点游览赏析。

最让我感动和欣慰的是当我们来到1949年毛泽东曾经工作过的“双清别墅”时，因女儿现在工作性质使然，已经走过大江南北早已司空见惯各类景色一直都在为我拍摄的她，现在却毕恭毕敬地站立在毛主席他老人家的巨幅画像旁，让我为她拍照留念！随后，我情不自禁地为女儿讲述起毛泽东主席在我们这一代人心目中的位置，也因此勾起了我和女儿对其童年时期往事的回忆。记得女儿一周半刚刚开始牙牙学语时，她除了会清晰的叫出“爸爸”“妈妈”“姥姥”“奶奶”以外，她学会的第一句话就是“毛爷爷好！”或许，从那时起，这位“毛爷爷”在女儿的心目中，就已经打上了深刻的烙印！

中午，为方便次日植物园的游览，我们又入住到了女儿提前预定的五星级酒店。在附近著名的“小吊梨汤”吃过午餐，午休至两点半，女儿陪同我在酒店附近游览拍摄。随后，到植物园购买了次日的入场门票。

3号早晨7点半，我们顺路吃过早餐，八点钟进入植物园，尽情地观赏着各类盛开的花卉。这天早晨，虽说有点风，但丝毫没有影响四面八方游客的兴致。我们漫步在植物园内，犹如来到世外桃源一样，在花海中畅游，享受着大自然各种植物景色，吸取着各种扑鼻的花香。

我和女儿看到，到此一游的大多数都是上了年纪的老人在晚辈们的陪伴下观赏、拍摄。我在想，这一张张的照片中，不仅记录着各自的花样幸福年华，同时，也记载着中华民族的“孝道”，而且我坚信，伴随着祖国的振兴和强大，这一传统美德必将经久不衰、源远流长！

写于2015年5月10日

真情流露

我与养母的今世情缘

养母33岁时我出世，经过近两年的周折与她结缘；我33岁时，养父去世，我便成为养母晚年唯一的寄托。

今生今世，我与养母以一个“缘”字联在了一起。养母在她35岁那年收养了我，将一个因缺乏营养几近夭折的婴儿养大成人。而在我30岁时，养母因患脑血栓导致半身不遂，生活不能自理，养父在养母患病两年后病故。因此，我便成为一生没有生育能力的母亲晚年唯一的寄托。邻居们说，幸亏老董抱养了这个女儿，不然，她这后半生将是最大的不幸。

一、缘分　哺养

1960年，我出生在一个城镇市民家中。生母是一名小学教师，她因身体有病，经常吃药，因此我一出生就十分瘦弱。生下我之后，生母的病情加重，为使我这条生命不致夭折，只好将我“奶”到别人家中。由于六十年代闹饥荒，家家缺衣少食，一连换了四个奶妈，均因难以养活而被退了回来，最后到了养母家。也许是缘分吧，在前四户人家中我成天哭叫个不停，而到了养母家却十分乖巧。由于养母不生育，我的哺乳成了问题。为了救活我并且有一个健壮的身体，养母凭借自己极好的人缘四处打听，谁家刚生了孩子，便将我抱去求人家母亲喂几口奶吃，她还到处托人买奶粉来喂养。在她的精心呵护下，我瘦弱的身体逐渐强壮起来。当生身父母来探望欲将我抱回去时，被养母拒绝。从此，我便成为养父母家中的正式一员并在此落了户。

二、结缘　养育

由于养父母不曾生育，我的到来给他们的生活增添了很多乐趣。他们视我为掌上明珠，百依百顺，特别是养父对我简直到了溺爱的地步。养母虽说严厉一些，但长大后我渐渐懂得了她的良苦用心。养母心地善良，性格直爽，一生正直。因此，在她居住的地方，人缘相当好。加上她担任街道居委会主任，乐于助人是她最大的特点。

六七十年代，我家三口人，养父60多元工资，经济上比较宽裕。无论是远亲还是近邻，经济上有了困难，总爱找养母帮助。有时，养母手头的钱被借光，她想办法找别人再借也绝不让张口借钱的人白跑一趟。工作认真负责是她的又一特性。养母自我懂事到上高中，一直担任街道委员会主任，期间曾出席张家口市先进个人代表大会，并经常到外地开会。在她所管辖的街道，夫妻不合、邻里闹别扭等令人头疼的繁琐事儿，总爱找她来调解、说和。养母没有文化，但她深明大义、办事公道受到人们的尊敬，许多难以解决的纠纷，经她的调解都能得到满意的化解。从读小学起，我就成了养母的"代理通信员"，比如通知居民开会、给家属发个东西什么的，都落到了我的头上。因此，培养了我在学校上台从不怯场的良好习惯。养母到外地开会，家务事就交给我去办。我做错事，她会严厉批评；有了缺点，她及时给予纠正。我拿到了"三好学生"奖状，她逢人就夸；当我考试取得好成绩，她会再三鼓励；我在校遇到了难以解决的问题常爱向养母诉说，她总是心平气和给我讲道理。我深深地感到她对我寄托着无限的期望。

回想起我的童年和学生时代，养母不仅哺育了我，更重要的是她以自己高尚的人格教育了我。

三、情缘　报恩

在养母勤劳善良性格的熏陶下，我渐渐长大成人，1980年接养父的班在煤矿参加了工作。社会真是个大课堂，参加工作20多年，我从中学到了许多在课堂上学不到的东西。2000年，我应聘到一个现代化企业，由一个不起眼的黄毛丫头，成长为现在的公司办公室秘书、宣传干事，并担任着几家报社、杂志社的特约记者和通讯员。我的成长取决于社会大熔炉的锤炼，同时也是养母培养教育的结果。

回首往事，特别是在养母患病后，我从侧面打听到自己的身世，对于养母更加敬重。她老人家1991年患脑血栓后，生活不能自理且言语不清，78岁高龄却耳聪目明，什么事都瞒不过她。当有人问起“女儿是不是你亲生的”，她会毫不犹豫点头称“是”。为了不让老人家伤心，我决定在养母的有生之年不去捅破这层“窗户纸”。养母患病已经12年了，在我与丈夫的精心照料下，幸福地安度着晚年。她的生活起居一直由保姆照料，眼看着已上高二的外孙女儿和安居乐业的女儿、女婿，她与天下所有的母亲一样，尽情地享受着天伦之乐。

发表于《当代矿工》杂志2003年第8期

荣誉中蕴涵的母爱

近日，从网络媒体中看到被称为“沟通青少年心灵的专业作家”美籍华人刘墉先生，在国内开展的一系列助残公益宣传活动，不禁让我回想起女儿于1998年曾经荣获刘墉先生赞助的征文竞赛三等奖这段值得纪念的往事。

那是1998年7月的一天上午，在煤矿机关行政办公室工作的我从《工人日报》获悉：由刘墉先生赞助，并由《中外少年》杂志接力出版社与《工人日报》联合主办，以“微笑天使”行动为主题的“给下岗的爸爸妈妈写封信”有奖征文启事，为了激发当初刚刚年满14岁小升初女儿的写作热情，我便鼓励她一定要参加此次征文竞赛。起初，女儿有些畏难，经过我的再三鼓励她决定试一试。

晚上，女儿一气呵成，将写好的文稿交到我的手中，看后，我欣喜地感觉女儿的文笔超乎我的想象，她不仅创意新颖，而且思路非常清晰。于是，次日，便根据此次征文要求通过邮局寄发到《工人日报》社。其实，对于此次征文我并没有抱太大希望，主要是想锻炼一下女儿的胆识和魄力。然而，不到半个月时间，我在单位收到了由《工人日报》寄来的一封信函和两份1998年7月17日《工人日报》刊载女儿文章的样报，下班后，我高兴地把样报和这封信函拿给女儿看，但是，我从她平静的笑容里并没有看到兴奋的表情。我知道，当初的女儿并不知道《工人日报》在社会上的影响力有多么大，只是感觉自己写的文章上报了而已。我想，这样也好，就让现在正值豆蔻年华的女儿，随着年龄的增长，去慢慢体会自己的百味人生吧！

更出乎我预料的是1998年12月份，我在单位又接到了《工人日报》寄来的女儿此次征文竞赛三等奖的荣誉证书和三百元奖金。高兴之余，我在单位买了许多水果和瓜子儿等，与同事们一道分享着女儿的快乐！

不知是谁走漏了消息，我家居住的左邻右舍听说女儿写的文章刊登在国家级《工人日报》后，女儿便成了我们那一片儿住户的新闻人物，大家争相传阅着那张报纸，纷纷夸奖女儿有出息……听着大人们的赞扬声，此时的女儿似乎才感觉到了一点点成就感。

如今的女儿大学毕业参加工作已经一年有余，虽说这个故事已经成为往事，然而我想，十年前的她曾经荣获过著名作家刘墉爷爷一个征文奖项，必将成为她今生今世永远难忘而且最美好的回忆！

与此同时，随着女儿年龄的增长，她一定会渐渐明白这份沉甸甸的荣誉之中，包含着我这个做母亲的在她人生的旅途中所注入得殷切希望，同时，也蕴涵着世界上那种最伟大的——母爱！

写于2010年2月28日

今世有约

2015年夏日的一天晚上九点左右，我一个人户外散步返回时，途经一个小区门口儿。夜幕中，这里三三两两坐着纳凉的人们。其中，有两个妇女闲聊的一句话特别清晰地飞进了我的耳中。其中一个对另一个妇女说道："除非是生你的或者是你生的，其他人都不行……"无意中听到的这句话，当初不仅让我茅塞顿开，而且，一时被我以民间的至理名言收藏记忆在脑海之中。

然而，事后，当我回想起先后离我而去、与我没有任何血缘关系的养父母他们在今生今世对我的那种不是亲生却胜似亲生，乃至所给予我以及家庭和社会的大恩大德大爱，那晚道听途说而收藏在脑海中的"至理名言"显得是那样不堪一击！至少，我现在认为，那只是一种片面而偏颇的说辞而已。

一

20世纪60年代初期，在"蜜罐儿"中生长的我自打朦朦胧胧开始记事起，从我所接触到周围人神秘的眼神儿和隐隐约约似懂非懂的言语中，渐渐地感觉到我与其他人有着什么不同之处，但我又搞不清这其中究竟隐藏着什么秘密？随着年龄的增长，我逐渐明白了父母以及周围人一直对我隐瞒着的这个秘密，原来——我是一个抱养女！

我们这个家庭成员的组合，说来真的有些奇特。

养父前妻病故去世多年后，经人介绍，与比养父小十岁、当年刚刚三十岁的养母结了婚。由于养母无生育能力，结婚两三年没有儿女。或许是上天的安排，此时，几经周折不足两岁的我被抱到了养父母身边。从此，这个由临时成员集结而成的三口之家，同大千世界中的家庭一样，演绎着不同的人生……

在煤矿地面做运输工作的养父，为人善良，老实厚道，性格比较内向，不爱说话。他虽说只有过去的“高小”文化，但在那个年代，也算得上是个有“文化”之人了，单位但凡写写算算的事情基本都由养父去做。

如今我的到来给养父母带来了无穷的乐趣。特别是对于养父来说，简直是如获至宝，甚至到了“溺爱”的地步。从小到大，养父不仅对我百依百顺，而且，他也容不得心直口快的养母说我半个“不”字。记得有一次吃饭时，养母为了一件小事儿在饭桌上训斥了我两句，养父便非常生气地对养母说：“告诉你不要在吃饭时教训孩子，你就是记不住！”说着，就把手中吃饭的勺子扔到了地上，养母见状赶紧把勺子捡起来冲洗。从此以后，再也没有发生过类似的事情。

养母她中等身材，长得既白净又漂亮，干净利落，快人快语，爱说爱笑，性格十分开朗。

养父每月工资六十元左右，在那个年代，对于我们这样的三口之家来说经济条件比较宽裕。左邻右舍中，多数家庭都是老老少少一大家子，日常生活中不免会遇到缺吃少穿的困难，此时的他们就会向养母求助。然而，无论是谁，只要张口提出要求，养母都会慷慨解囊，倾力相助。即便手头儿一时紧缺她也会通过朋友想方设法为其解决困难，而绝不让求助者失望。由于养母为人善良，热情大方，无论她走到哪里，哪里就是一片欢声笑语，左邻右舍中，养母的人缘儿极佳。当街道成立居委会时，养母便成为当之无愧的人选。从此，养母开始了她不拿工资全心全意为人民服务的旅程。

那时的街道桥梁作用发挥极致，工作开展井然有序。从中央到地方，上下贯通，一呼百应。每当上级下达文件精神，通过居委会即可做到家喻户晓。平日里，无论是社区家庭纠纷，还是结婚生子；无论是同公安部门查巡户口，还是民事查访；无论白天，还是夜晚，养母她总是随叫随到，而且毫无怨言。看到养母如此大公无私，曾有人半开玩笑地问她："你这样做，究竟图了个什么？"经历过封建制度束缚又没有文化的养母当时说了这样一句话："能够过上现在的幸福生活，我总感到特别的知足！"言语中，她坚信的一条就是——没有共产党，就没有新中国！

养母出色的工作，赢得了上级领导部门的认可，她曾经连续多年出席张家口市先进个人表彰大会。当初，在我八九岁幼小的心灵中，为有这样一个光荣的母亲深感骄傲和自豪！每当养母外出开会，而且一走就是一周左右，养父上班，我在家不但学着给养父做饭、料理家务，而且比养母在家时更加勤快。我会把家中里里外外清理得更加干净整洁，待养母开会回家后，在堂屋住着的邻居大娘就会向养母夸奖我的懂事儿、勤快，每当看到养母开心的笑容，我的内心就会感到无比的高兴！

随着养母声誉的扩大，她的工作范围逐渐延伸，由她分管的社区范围也在扩大。我一边上学，课外时间便成了养母的业余“通讯员”。诸如：挨家挨户地通知十几个社区成员开会呀，协助居委会到煤矿单位慰问演出呀，大婶大妈们没文化，我还要组织同龄小伙伴儿们挨家挨户地宣传上级文件精神等。

家庭生活条件的富裕，使我比当年同龄人在吃穿上都要优越得多。饮食上，啥好吃啥，穿着上，流行什么穿什么，对此，同龄人都十分羡慕。然而，养母一向对我管教比较严格。童年时期，养母绝对不允许我与同龄小伙伴儿们去看露天电影，为此，我虽说内心不满意，但在养母面前从不敢违抗。随着年龄的增长，我渐渐地明白了养母如此严格的良苦用心，其中，包含着她多么缜密的呵护与担当啊！小学时期，我的学习成绩不错，年年被评为三好学生，养母不仅逢人就夸，而且，总会让养父把我的奖状订到进门墙壁的正中央。日后想起，养母的举动包含着她对我这个养女的殷切希望！

二

经过“十年动乱”的我们这一代，临近高中毕业时国家恢复了高考。高中阶段学习成绩不错但基础不够扎实的我，不愿错过应届高考的机会，1979 年高中毕业后抱着“试一试”的心理，准备参加高考。当我在家复习功课时，养母每天都会默默地坐到我的身边陪着我复习，同时，她又显得是那样坐立不安，当初的我非常理解养母那种既希望我考取又害怕别离的复杂心理。迄今四十年的情形，如今想起，依然历历在目。

高考没有被心仪的学校录取，之后，正值养父即将退休，我拒绝了老师和几位落榜同学继续复习准备次年应试的劝告以及其他就业渠道，按照养父母的安排，1980 年，我毅然决然地选择了顶替养父到当地煤矿参加了工作。

1990 年，已经结婚生子并且从事机电仓库保管整整十年的我，因不甘平庸，在养母和丈夫的鼓励和支持下，重拾高中课程，在单位脱产委培名额有限的条件下，通过上级领导推荐参加了全国成人中等专业统考，并被峰峰职工中专录取，赢得了三年脱产进修深造的机会。

然而，天有不测风云。正当学校下达录取通知书的第二天，一向鼓励我学习深造、身体硬朗，当年六十六岁的养母，因突发脑血栓导致右侧半身瘫痪并伴有中风而言语不清。

面对这突如其来的变故，我白天忙碌着为养母寻医问药，夜晚便陷入两难的抉择之中。在我犹豫不决直至想要放弃上学之时，病床上的养母似乎看出了我的心思，她用左手抚摸着我的手，指了指头顶，我即刻明白了养母是在问我上学之事，我对养母说："妈，您现在有病，我就不去上学了！"养母一听急了，即刻怒气冲冲地把脸沉了下来，口中不断地发出"嘟—嘟——"的声音。我对养母的表情心领神会，明白她是坚决反对我放弃上学的决定。随后，我立即改口对养母说道："妈，我听您的话去上学，好吗？"此时养母的情绪立刻平静下来，并且脸上露出了微笑……这——就是我的养母，一个与我没有任何血缘关系而如此深明大义伟大的母亲！此时此刻，我按捺不住自己激动的心情，抱着养母的肩膀亲吻着她的面颊，不知对她老人家说些什么，止不住的泪水夺眶而出，站在旁边的丈夫和女儿也被养母这种大无畏的精神所感动！

随后，我一方面委托一位老中医长期为养母治疗病患；

另一方面，通过亲友协助，为养母找到一位与其年龄相仿的保姆，这样，既可服侍养母的生活起居，又可以协助丈夫为体弱多病的养父和家人做饭。其他生活琐事均由丈夫料理和照顾。

一切安排就绪后，在学校下达录取通知书的第六天，我与矿区一位女同学赶赴学校，开始了三年的成人专业学习历程。

可喜的是在我入学半年后，在丈夫的精心呵护和四处寻医问药中，养母奇迹般地从不能站立到逐步蹒跚行走，从言语不清到可以叫出家人的姓名，并能说一些简单的词语，为此，我由衷地感激丈夫对家庭所付出的一切！正是丈夫的付出，我才能够安心自己的学业，不仅学习成绩在班级中名列前茅，而且每个学期都能够获得单位根据委培学员的学习成绩给予的丰厚奖学金！

然而，不幸的事再度发生。当我努力发奋以优异成绩回报家人而且只剩下半年多即将毕业之时，1993 年 11 月份，79 岁高龄体弱多病的养父因患食道癌晚期离世。之前，当我接到养父病危通知书连夜赶到家时，却未能见上老人家最后一面。临终时，或许养父为了等我而没能闭上自己的眼睛，是我赶到家后才将老人的眼睛合拢……

学习和工作中潜能的发挥，与我的养父养母以及家人的鼎力支持是分不开的。1994 年毕业回矿后，我在地方报副刊发表了矿区中轰动一时的长篇纪实文学《我有一个好丈夫》，文中主人公是以丈夫在我三年上学期间，一边上班，一边对养父母及其女儿无微不至的呵护和扣人心弦的真实故事，进而在矿区内引起了强烈反响！

三

自养父 1993 年离世后，由于养母没有任何生活来源，为其雇佣保姆等经济负担全部落到了我和丈夫肩上。为让养母安度晚年，自 1991 年老人患病到 2007 年离世，十六年间我们先后为养母雇佣过十一位保姆，而且随着时间的推移其工资费用也是与日俱增，从 1991 年起初的每月 60 元，渐渐涨至 2007 年的每月 500 元。特别是 2003 年按揭贷款购买商品楼以来，我们每月既要交付 500 元左右的贷款，又要支付保姆的工资，同时还要供女儿上大学，三项费用叠加起来，我和丈夫加起来 2500 元左右的月工资已经所剩无几。然而，无论家庭经济条件如何拮据，我们为养母雇佣保姆的念头从未间断。

而最让我感到欣慰的是养母十六年患病期间，除了右半身活动困难和言语不清外，老人家始终耳不聋、眼不花、神志非常之清醒，而且最关键的一条就是她老人家的心态特别好！养母对待每一个保姆都非常体贴，不仅从来不挑剔，而且还时常把我们给她购买的珍贵食品和物品与保姆分享。十一位保姆中，多数都是因为家中临时有事脱不开身而无奈的离开养母，与养母离别时，她们一个个都是特别留恋和不舍……其中，有一位连续两年在此照顾养母的农村妇女，因为儿媳生孩子需要她回家带孙子，由于舍不得养母便提出要带老人家一起回家，说她可以边带孙子边照顾养母，我和丈夫通过权衡利弊，还是谢绝了她的好意。结果，这位保姆短时间内又从家中帮忙为养母找到另外一个保姆，进而，为我们解决了燃眉之急。这位保姆的到来，便成为我们为养母雇佣的第十一个，也是最后一个保姆。

据这位保姆说，养母临终前，与以往没有任何异常反应，而且，比平日还略显精神。那天下午四点多，保姆看到在床上坐着的养母自己穿上鞋准备下地解手时，与往常一样，保姆扶着她坐到床边的坐便上，之后，养母的手及头颅猛然间便耷拉下来。此时，保姆发现老人脸色及嘴唇逐渐发青，便赶紧喊来一直同我家关系比较密切的邻居史姐，史姐与史弟、保姆三个人即刻将其扶上床，此时，在外面工作的我接到通知后，电话联系到我之前托付给附近卫生所我的高中同学李医生，当李医生赶到时，即刻为养母打了一支强心针，终因她老人家功能已经衰竭不能吸收，由此，李医生断定——老人已经不行了。就这样，养母在发病不足半小时之内便匆匆离开了人世，致使在 18 公里以外上班中的我，未能赶到见上老人家最后一面。

公元 2007 年 4 月 24 日下午 16：50 时，与我没有任何血缘关系却抚养我长大成人并为社会和家庭做出了巨大贡献的养母，就这样带着我身世的“秘密”悄然地离开了这个世界，享年 83 岁。

由于养母去世时我不在身边，所以，老人家离世前一天的音容笑貌定格在了我的脑海之中，每每回想起来都感觉我的养母依然健在，只是我们好长时间没有见面而已……

发表于 2016 年 6 月 19 日《文悦圈》

一位平凡母亲眼中的女儿

看到照片中这位有着水汪汪的大眼睛、端庄秀气的女孩儿，你或许会同影视明星连在一起吧。正如有位摄影师对其娇好的容貌和经历评价道——本来可以靠颜值，却偏偏要靠才华！

进入2018年元旦之后，我便开始进入紧张而有序地喜迎新春佳节的筹备事宜，经过一个月的忙忙碌碌，迎接即将驱车回家过节的女儿。

除夕当天，女儿同我与普天下国人一道共度良宵之夜，随后，又由女儿陪同北京出游三天欢度春节黄金周，期间，抽空儿与亲朋好友相互问候祝福……

欢乐喜庆之后，今天，终于又能够抽出时间静静地坐在电脑机前，敲打我从内心流淌出来的心声了！

2018 年的开篇之作，最想写的就是我那极其聪慧而优秀的宝贝女儿。虽说，经历过社会世俗和沧桑的我，自女儿参加工作之后经常会提醒她要“高调做事，低调做人”，然而如今，渐渐成长起来的女儿，她带给我的惊喜实在是太多了。目睹女儿从 2008 年大学毕业走出校门，踏入社会置身于北京这个大都市之中，凭借她个人的聪明才智，通过短短十年的努力打拼，如今的女儿已经成长为一名互联网科技公司的高级管理人员，不仅让我这个做母亲的刮目相看，更让我在欣喜之余感到些许震惊！

然而，当我静下心来回首这十年间，女儿一步一步成长的历程，目睹其所在公司的飞速发展和壮大，见证国家日新月异的振兴与强大，让我深深体会到在这个太平盛世之中，女儿能够拥有现在的成就和光环已经不足为奇，应是顺理成章和必然趋势！

惊喜之一：温顺善良，勇于担当

记得 2007 年 10 月份，我因之前体检得知患有胆结石，通过咨询并查阅资料，决定在附近医院做一个微创胆囊切除手术，并由一位朋友帮忙推荐，提前预约了资深专科手术医生。那时的女儿正值大学期间，因为是微创小型手术，唯恐耽误其学业，加之女儿学校军事化管理，所以我不建议女儿请假，便邀请了我的一位非常要好的邻居朋友陪护，一切安排就绪。

结果，女儿她还是瞒着我们请假回家，同丈夫和邻居朋友一起进行了全程陪护。术后三天出院，邻居朋友回家，由女儿在家陪护。术后七天，需要揭掉伤口贴膏。丈夫唯恐有闪失不敢动手，此时，站在一旁的女儿笑着对其父亲说道："慢慢来，我来揭吧！"说着，女儿附身到我身旁，只见她用那双纤细而柔嫩的手指，轻轻而且小心翼翼地将贴膏揭掉。女儿这一小小的举动，让我这个做母亲的为之动容，当时的我，内心真的感到好温暖、好幸福！女儿轻松揭下贴膏后，随之惊喜而略带安慰的口吻说道："哎呀，这个手术太成功了！小刀口特别小，已经看不出有伤痕了！"自从这次小手术后，让我第一次感受到我的宝贝女儿——她真的长大了！

惊喜之二：自尊自立，不安现状

2008 年 7 月，女儿从某军事学院本科毕业之后，我和丈夫希望她能够拥有一份稳定的工作，但又无能为力，内心很是焦虑。正当我俩为女儿的就业问题暗自思忖时，女儿毅然放弃了所有"铁饭碗"机会，已经顺利到达北京并在一个知名出版社就职。当初，对于刚刚毕业的女儿来说该工作条件优越、收入颇丰。对此，我们悬着的心总算踏实下来。

一年后，不甘平庸的女儿凭借自己英语专业八级资格及其写作实力，再度应聘到一家互联网公司，在此，女儿她充分发挥自己的优势和潜能，脚踏实地，扎实肯干，几年来，已经进入公司管理阶层，并且成为公司的中坚力量，找到了适合自己发展的行业和工作。迄今为止，女儿在这家公司已经是第十个年头儿。

惊喜之三：面对危难，挺身而出

2012 年夏季，即将退休的我有幸得到上级部门关照被安排到北戴河疗养十天，借此机会，我给在从事后勤工作一年也顾不上休息的丈夫办理了带薪休假手续与我一同前往。准备工作就绪，当我告知在北京工作的女儿打算让她跟我们同行时，只因女儿期间要组织一次大型会议未能如愿。女儿虽说不能与我俩同行，但她很快便把我们出行包括从北京开往北戴河的动车票、北戴河的好朋友接送站、防晒用具以及随行衣服等等一切相关事宜安排处理得井井有条，同时叮嘱我俩尽管按照北戴河组织统一行动，而且一定要开心快乐地休养度假，其他一切事情不用我们费力操心。这次出行，女儿还为我俩购买了当时刚刚流行的情侣新手机，告诉我们期间有何问题随时与其短信沟通联系。在女儿的精心关照和眷顾下，我同丈夫以及各单位北戴河同行人员，非常愉快地度过了辽养假期之后，重返工作岗位。

然而，令人万万没有想到的是此次同丈夫北戴河之行，竟然是我俩今生的最后一次共同出游。

2012 年 12 月中旬，之前 6 月份体检报告显示身体强健的丈夫，时隔半年后感觉背部有些疼痛，当地医院做了 CT 检查，通过市医院专家诊断为“肺癌晚期”并且已经扩散……闻听这一结论，犹如晴天霹雳让我难以置信。因而，即刻决定转院北京由专科医院做进一步确诊。同时，我因唯恐女儿承受不了这一残酷的现实暂时不想告知。结果，女儿的表姐早已将信息通过手机短信传递过去。更让我意想不到和惊奇的是，意志坚强的女儿不仅没有被这一残酷的现实所击垮，而是挺身而出，为我撑起了似乎即将塌陷的一片“天空”！随即接到了女儿安慰我的电话：“妈妈，你尽快带着我爸爸到北京，不用带钱和任何物品，一切由我来安排！”只言片语，让我一时茫然的内心得到了极大的力量和宽慰！

次日早晨，由亲友陪同我们乘坐火车抵达北京，女儿一方面顺利接站、当天护送其父亲快捷迅速地住进已经联系好的医院，另一方面，联系到北京某知名专家进行检查、会诊并做了进一步确诊。会诊后，几位专家给出了同样的答案，由于丈夫的肿瘤位置无法采取手术，我们只好选择了无痛苦的保守治疗。为了减少丈夫的精神压力，我和女儿以及亲属在医生的密切配合下，始终对其隐瞒着实情。告诉他只是肺部感染严重，我们强烈要求到北京治疗。

在丈夫住院治疗期间，因为关系融洽，同病房的病人和陪护家属每天都是有说有笑，笑逐颜开。女儿每天跑前跑后，白天上班不管多累，晚上总要抽出时间到医院来陪护父亲。而且，她每次到医院，总是和颜悦色地对待病房中的每一个人；她公司热情的同事送来探望果篮或节日礼品，她也总要分享给病房中在场的每一个人；有人有事相求，她都一一热情相助。目睹如此孝顺和优秀的女儿，大家赞不绝口，个个向她竖起大拇指。丈夫听到大家都在夸赞自己的女儿，内心也是无比骄傲和自豪。我曾对着大家跟他开玩笑道：“起初，你总想要个儿子，咱现在的女儿能顶十个儿子。”丈夫笑着回答说：“假如现在用十个儿子跟我换这个女儿，我坚决不换！”

治疗期间，女儿不愿向我们透露费用，更不同意用我们的养老钱，她不惜花费所有积蓄，为了听取更多专业医生的建议，凌晨去医院排队，白天回到工作岗位，晚上再去医院看望爸爸。有些医生知晓我们全家的遭遇，看到不服输每天奔波在各大医院的女儿，无不为之感动和称赞！

尽管经过北京数位知名专家医生尽心尽力的治疗，亲人将近一百五十个日日夜夜的守护陪伴，最终，也未能挽回丈夫的生命……

悲痛之余，想到我和女儿为了挽救丈夫的生命已经竭尽全力，最终问心无愧！正如苏东坡所言："人有悲欢离合，月有阴晴圆缺，此事古难全。"转瞬之间，丈夫安然辞世已将近五年了。如若他还在世，看到一步一步成长起来的女儿，必然会更加欣慰！

惊喜之四：自爱自强，充满阳光

伴随着时代的发展和社会的进步，迄今为止，女儿在北京从业已经整整十年。看到女儿的成长历程，让我感受到新时代女性的强大。她们那种独特的自强、自立的精神，团结进取、不愿服输的团队意识和积极乐观、充满阳光的生活态度，必将引领时代潮流，为祖国的经济发展和富强，弹奏出更加悦耳动听的音符和最强音！

发表于 2018 年 4 月 14 日《文悦圈》

恩 赐

——写在2019年宝贝女儿生日之际

今天，是我宝贝女儿的生日！

昨晚，将近凌晨十二点时写完此文，通过微信，转发给正在上海出差的女儿，以表达我对女儿的生日祝福！

伴随着自己年龄的增长，每当女儿生日这天，我都会心潮澎湃，感慨万千。仅仅一句“生日快乐”的祝福语，似乎已经难以表达自己的心情，总感觉对女儿有说不完的话，道不完的情。

转眼间，我将女儿带到这个美丽的世界已经足足三十五年了。回首往事，历历在目，如同昨日。

时间过得飞快，驻足定睛一看，不知不觉已经同女儿一道跨越了一个世纪的三分之一，冥冥之中，似乎有种穿越时空的感觉……

回归到我同丈夫结婚前夕的37年前。当初，本着“男大当婚，女大当嫁”的民俗，经人介绍，我同柱子在初中同班同学感性认识的基础上很快便确定了恋爱关系，之所以是感性认识，是因为那个年代的同学思想比较封建，男女同学相互间都不说话。现如今，通过一年时间的接触了解，感觉他除了看上去爱笑、脾气好以外，人也比较善良诚实，虽说对其太过腼腆、不爱说话有些牵强，但我认为这不是太大的问题，日后会慢慢予以纠正。于是，我俩便水到渠成的于 1983 年 5 月 1 日领取了结婚证，从此正式结为夫妻。

由于我和父母亲对于柱子一家经济条件的同情与怜悯，我们的婚礼办得非常之简单——1983 年 5 月 1 日到北京旅行结婚后，仅在家中宴请了几桌亲朋好友便完事大吉。之前，因为煤矿照顾被难家属，公婆便答应将分得的一套新建平房为我们作新房，由于新建房屋年底尚可完工，所以，我们的结婚新房暂时定居在了柱子单位的职工宿舍。

结婚一个月后，公婆以小叔子尚未娶亲为由，向我和丈夫提出日后要分开吃饭。于是，丈夫在我们居住的宿舍门前搭建了一个临时灶台，从此，我俩便开始另起炉灶过起了独立的生活。

当初 80 年代的我们，对于下一代的属相、年份等不像现代年轻人这样精打细算，一切都是顺其自然。

结婚半年之后，即 1983 年的 11 月份，一向非常准时的我发现当月没来例假，便暗自观察了一个月，随即，又发现炒菜时偶然伴有恶心呕吐现象，便确定已经怀孕无疑了。随即告知了柱子，柱子又转告其母亲，家人听到这一消息，自然都非常高兴！

欣喜之余，公婆让柱子询问我想吃什么。人们常说：酸儿辣女。我对丈夫说，我从小酸辣食物都爱吃，现在依然如故。当时，正值十二月份冬季时节，或许，是公婆盼孙心切吧，不知从哪里给我买回来一斤左右十分新鲜的山里红，并不是我因“害口”想吃，而是我已经好久没吃到这么新鲜的水果了，便一口气吃了十几个。八十年代初期，没有如今这种想吃什么就有什么的生活条件，只能吃到季节性的时令水果。冬季

"害口"期间，没有什么水果，无奈中，我比较想吃的就是心里美水萝卜和烧土豆了。当时还没有电视，白天上班儿，晚上没事儿时，丈夫和我就围坐在火炉旁烧土豆或者切一个心里美水萝卜吃……如今，看到女儿皮肤长得既白嫩又细腻，曾有人向我讨教孕育期的秘诀，我半开玩笑地告诉她：兴许，是跟我当初爱吃心里美水萝卜有关系吧！

或许，宝贝女儿在我肚子里就懂得心疼她的妈妈吧，我的"害口"经历不像有些孕妇那样强烈。记得我最为敏感的就是只要闻到炒菜炝锅特别是炸葱花的味道，立马就会反胃作呕，为此，我会尽量避免炝锅，只要闻到院子内邻居家用葱花炝锅，就赶紧捂着鼻子关门闲窗的躲到家中……这样，断断续续恶心、呕吐总体加起来也不足半个月的时间。

为正常保胎，经人介绍，我时常到高大夫家中做定期检查，因为，她有着多年丰富的临床接生经验，她家就在矿区附近居住，十分方便。

结婚一年后，也就是1984年"五一"节，我和柱子正式入住水塔新建家属区平房住宅。俗话说：人逢喜事精神爽！由于我俩结婚时，家中没有几件像样儿的家具，同时由于经济条件所限，所以，搬进新居后，柱子便利用四点下班后的时间，发挥自己的一技之长自力更生，参照邻居家的样子做了一套新式组合家具。而户外对面的厨房和储物间，就是我挺着肚子邀请亲朋好友一手操持打理起来的。当时，养父母还用他们平时节省下来的储蓄买了一台单缸洗衣机，作为乔迁礼物赠送给我们。

怀胎五个月后，从小身体消瘦体重从没超过一百斤的我，肚子已经微微隆起，直到怀胎十月将近临盆时，肚子始终呈现尖形状态，有人怀孕脸上起斑、有人脚肿抑或患病服药，而我始终保持着姣好的容色和良好的精神状态，每天照常上班，照常洗衣服、做饭、操持家务。

直到临盆的上午我还在上班。记得那天在单位吃过午餐后，感觉后腰有点憋得慌，便跟仓库的三位师傅说明情况提前回到家中。随后，感觉“下憋”的症状一阵紧似一阵，丈夫下班后，即刻通知拥有临产经验的公婆，她闻讯赶到家中，见状后确定是即将临产了，她一边叮嘱柱子打电话要救护车，一边给我用手掌搓着后背，随后，我的母亲也闻讯赶到家中。不久，救护车到来，由家人陪同一起来到煤矿医院妇产科。经过医生检查，临产还需五六个小时，叮嘱要有家人陪护，并让我先在走廊散步，并且需要吃些东西以补充体力。此时，母亲让公婆和丈夫先回家吃晚饭，由她在此陪护，并给我带来一条刚刚煮熟的玉米，我便在母亲的陪伴下，在走廊一边散步，一边啃着玉米吃。长得极其漂亮的妇产科护士长高医生闻讯过来，因其曾经同母亲一起出席过市先进模范而非常熟悉。她看到我临产前，仍然保持如此好的状态，便笑着对母亲说道：“瞧，你女儿面色红润，还能吃东西，精神状态也相当不错！多数妇女临产前早已疼得要命，别说散步了，连腰都直不起来了。”她问我现在感觉怎么样？我说：“从下午开始，一直只是一阵阵儿的后腰憋得难受，并没有其他症状。”她鼓励我说：“别紧张，顺其自然，到时候，你只管用足力气就可以了！”听了高医生的安慰，我知道自己应该怎样做了。

直到深夜 10 点左右，后腰“下憋”的间隔越来越短，而且程度愈发剧烈。医生让我上了产床，而且安排了名叫刘娜的护士接生。在我生产的过程中，听到医生和护士一边等待接生一边称赞道：“她还挺会用力啊！”上到产床持续不足一个小时，印象中，我模糊记得大约是在11点半左右也就是12点之前，伴随着“哇—哇—”清脆的声音，我的宝贝女儿这个小精灵，犹如天使般降落到这个美丽的世界！记得女儿刚一出生，公婆脱口而出地说：“是闺女！”随后，母亲紧贴着我的耳边俯身说道：“闺女好！闺女将来跟母亲是个伴儿！”随后，我听到医生对家人说：母子平安，一切顺利！孩子体重五斤四两，只是由于母亲用力过度，出处稍微有一点点撕裂，需要缝合几针。

在医院居住七天伤口愈合后，女儿由家人抱着，我由亲属用担架抬着回到我的母亲家中，开始度过我一生中感觉度日如年且最受煎熬的“坐月子”经历。

因我上无哥姐下无弟妹，我由母亲亲自照顾且在母亲家中坐月子，实在是再合适不过的了。而且，父母自从有了自己的外孙女儿之日起，老两口儿整天笑得更是合不拢嘴。

月子当中，正值夏天数伏季节。我和女儿坐月子在里屋，父母每天只能在外屋。

据史料记载，母乳对宝宝身体健康最佳。所以，最令我欣慰的是，虽说我从小长得身体瘦小，但奶水却特别的充足。生产后的第三天便开始下奶，回到家中，由于母亲服侍到位，奶水更加充裕，甚至有时因女儿贪睡奶水一时吃不过来，我的乳房就会胀得难受，不得已的情况下，只好将奶水挤出一些，由邻居送给其他婴儿吃。

期间，最让我发愁的就是一日三餐。按照当地风俗习惯，月子中的我每天只能吃不放盐的淡食，米饭也必须是软粥，荷包蛋挂面要趁热吃，所以，每日中餐我都会大汗淋漓，好在 8 月上旬已经立秋。

在月子的中期阶段，出现了一个常识性问题——乳头裂口，事后得知，医学上称之为乳头皲裂。对此，公婆、养母包括所有到家中的邻居长辈们都未曾经历，且前所未闻，所以，看到这种情况，大家都无能为力。每当女儿吃奶时，我都会忍着剧痛。并且，伴随着女儿的吸吮，裂口愈发严重，疼痛感与日俱增。疼痛，我可以忍耐，而最让我担心的是唯恐对女儿的健康不利。无奈之下，我痛定思痛，大胆尝试着利用女儿睡觉时间，用红霉素眼药膏涂抹裂口儿，待女儿睡醒需要吃奶前，即刻冲洗干净。真是苍天有眼，通过连续两天夜以继日、不辞劳苦地涂抹之后，我惊喜地发现裂口竟然奇迹般地开始愈合了，一个看起来在长辈中史无前例的问题，终于被我迎刃而解了！

事后，我通过查询资料得知，这是一个女性常识性问题。作为准妈妈，该如何预防乳头皲裂呢？第一，孕期，可以多牵拉乳头，让短小内陷的乳头更加凸出，为哺乳提前做好准备。第二，每天早晚涂抹些乳头龟裂膏，这样有助于滋润乳头皮肤，增加乳头皮肤弹性，宝宝出生时候吸吮就不会那么干燥生硬，乳头也就不容易出现开裂。

伴随着乳头皲裂伤口的愈合，月子剩下一周即将结束了。然而，越是临近满月，内心越是焦虑和期待，真有一种度日如年的感觉！

幸好在窗前有母亲提前种植栽培的鲜花——大丽菊，正是在她那娇艳多姿的陪伴下，让我同女儿度过了月子中的每一天。每天清早起床，我都会抱着女儿，凝视大丽菊在红日的光芒映衬下，昂首挺胸地笑迎着生活的每一天……

每当我抱着女儿眺望窗前，望着阳光雨露沐浴下的鲜花，感觉眼前的她是那样娇美鲜艳，又是那样多姿多彩！她那艳丽的花瓣儿，还会在不经意间变幻着赤、橙、紫、粉等各种不同的颜色。

再俯首怀抱中的小天使，她是那样乖巧又可爱。临近满月，宝贝女儿娇美的容貌已经初见端倪。女儿她十分乖巧，每天只要吃饱睡足，一整天始终不哭不闹。看得出，她最最得意的就是在妈妈怀抱中的时刻……此时此刻，我端详着怀抱中女儿娇美的面庞，脑海中总会浮想联翩，我的内心也总会充满着寄托和无限的期望！

盼啊盼，

盼望女儿满月，尽快脱离这月子中因暑热带给她的苦楚；

盼望看到女儿第一次会坐、会爬、会蹒跚行走；

盼望听到第一声女儿喊的爸爸、妈妈、姥姥、奶奶，以及她牙牙学语的声音；

盼望，盼望女儿她快快长大并茁壮成长！

……

如今，伴随着亭亭玉立、落落大方、聪慧而优秀宝贝女儿的一步步成长历程，我从内心吟诵：

感谢苍天恩赐，

赐予我宝贝女儿！

感谢大地养育，

哺育了我的天使！

作者同女儿海南三亚海边留念

2017 年 3 月 8 日

良师益友

一条短信伴我行

每当我工作一天回到家，晚上走进书房，坐到电脑前开始写作时，每每抬起头，面前醒目的四句话、36个黑体字就会映入我的眼帘："求索的脚步执著坚定，追寻的路途没有泥泞，跋涉的尽头柳暗花明，奋取的信念永远不停。"每当我看到这段话，就仿佛看到一位老师在谆谆教导；每当我默诵这段话，都会倍感亲切，总有一股暖流澎湃于心。这段经过我用心设计，并用相框精装起来的四句话已经成为我的座右铭，并且时刻都在鞭策和激励着我，伴随我沿着自己奋斗的目标不断前行。

2006年的春节这天，我给2005年5月在北戴河参加《中国煤炭报》通讯员培训班上认识、并给我编辑过文稿的崔涛副总编辑发去短信表示祝福，崔老师即刻给我回复了这条短信，读后令我备受鼓舞。

事后，我向崔老师询问短信的来历，他说是转发一位朋友给他的，他觉着好，就转给了我。我非常感谢崔老师能够给我发来这样一条对我意义非凡的短信，同时，我也对编辑这条短信之人非常敬佩。我将这条短信存储到手机发信箱中，闲暇时就打开来阅读，每次读来都会有一种全新的感受。之后，我又将其用A3纸打印成醒目的黑体字，并装进相框，挂在我每天晚上写作的电脑桌上方，为的是抬起头就能够看到它。

2007年的春节已经过去，回首间，这条短信已经伴随我整整一年了。一年来，当我对自己确定的目标产生动摇时，只要看到这段话，就会感到阵阵愧疚；当我感到不顺心和遇到烦恼时，只要看到这段话，我的心胸就会豁然开朗；当我在工作或写作中遇到困难时，只要看到这段话，我就会以积极的心态去应对；当我工作中遇到挫折时，只要看到这四句字幅，我就会将挫折抛到脑后。这四句话，既是我在新闻事业上的精神支柱，也是我毕生追求的指路明灯。

为此，我对节日期间朋友、同事间互赠短信有着自己的见解，它不仅能够增进相互之间的友谊，而且还是一种文化交流。通过这件事情，让我深深地体会到：一条短信，兴许会影响到一个人的一生！

发表于《编采之友》杂志2007年第5期

怀念恩师

著名作家臧克家曾经说过：有的人活着，他已经死了；有的人死了，他还活着……在我的心目中，迄今已经辞世五年的恩师王宝珍，就是一个永远活着的人！

今天才开始写恩师，内心总有一种愧疚。因为，在恩师在世时，我就一直萌生要专心致志地为其撰写一篇文章来歌颂他对煤炭事业的丰功伟绩。然而，由于在职时工作繁忙，待退休闲下来时，恩师却在他不满70岁而过早地离开了我们……一次朋友聚会中，大家提起王宝珍老师出乎意料的离世，无不为之伤感和惋惜！

一

恩师王宝珍并不是我学生时代的老师，而是在我参加工作之后结识的一位德才兼备且德高望重之人。这位毕业于北京矿院大本五年的高材生，不仅在煤矿担任要职，而且在工作之余还是矿教育科聘用的高级讲师。数年来，他教的学生换了一批又一批，而且多数都走上了各级领导岗位，可谓桃李满天下。

虽说王老师先后担任过煤矿机电队长、机电矿长、机电公司经理等职务，然而，人们却很少称其职务，矿区内，但凡认识他的人中，无论领导阶层还是普通职工乃至矿区邻里，见到他也都习惯的称之为“王老师”。我个人认为，大家之所以这样称呼，其中包含有三层涵义：一是对其本人的尊敬；二是对其品德的认可；三是感觉如此称呼更加得亲近。

我于 1980 年顶替煤矿退休的养父参加工作不足半年，被安排到机电队做材料管理。说起这个岗位，还有这样一段故事：之前，我参加同学哥哥的婚礼，帮忙中，通过同学介绍认识了煤矿机电材料采购员李师傅，他见我还有些灵气，便告诉我：“机电队刚刚建立了材料管理，我是采购员，现在手下需要一位专职材料核算员，如果你乐意，我可以向上级领导申请。”当初，对于一个刚刚参加工作尚未确定正式岗位的我来说，这可是一件求之不得的事情，于是，当场答应了李师傅。不久，我便从一起参加工作的四名同事中十分幸运地被抽调到了机电队做材料管理工作。

八十年代初期，能有机会接班到国企煤矿参加工作已经是件幸运之事，而且能到机电技术岗位更是令人羡慕，现在二十岁出头儿的我刚刚参加工作，就能到机电队做一名干净又轻松且前所未有的材料核算员，许多人猜测：这个小黄毛儿丫头肯定有来头儿，家里一定有后台！结果一打听，我是 1979 年高中毕业后，接替工人出身父亲的班参加工作，既无关系，也无后门儿。

来到机电队报到后，因暂时没有专门的办公场所，我和李师傅暂且同电修车间的三位“五小”电气设备维修师傅们在一起工作。日常工作中，李师傅负责外出采购，机电修车间的师傅们需要领取材料时，必须通过我这里开票后，方可到供应科仓库领取。每月机电消耗的材料费用，由我进行日清月结，以此来控制成本，降低消耗。而且，我的工种也跟随李师傅归属机修车间，而且被定为熟练工，月薪25元，待一年后即可晋升为一级工。

当初的我或许是年轻气盛，又想学点技术，在做好自己的本职工作之余，经常帮助同屋的三位师傅对“五小”设备如开关、按钮、电铃等进行维修，而且，每天早晨7点上班前，还要坚持旁听王老师给电修车间的职工补习文化课程。

由于部分上了年纪的师傅最高也只有初中文化水平，因此，王老师把重点放到了培养年轻人身上。他不仅每天班前进行文化知识辅导，而且，每周业余时间定期组织35岁以下的青工在队部进行文化知识培训，并且时常进行成绩测试，对于学习成绩优秀的职工，队部还会给予精神和物质奖励并颁发荣誉证书。此举，极大激发起年轻职工们学文化、学技术的热情。由于我高中毕业而且刚刚走出校门儿，学习成绩一直名列第一，再加上平日勤奋好学，因而，得到了队部领导的首肯。王老师无论在车间还是在师徒面前，对我更是大加赞赏。同时，王老师还经常鼓励我们成绩突出的几个年轻职工，要努力学习，有机会争取考取电大或者外出学习深造，为企业发挥更大的作用。

二

王老师是山西人，虽说学校生活数十载，却丝毫没能改变他那一口纯正的乡音。个别师傅听不懂王老师讲课，但我认为，王老师是我听过授课为数不多的优秀教师，他讲课不仅通俗易懂，而且风趣幽默，耐人寻味。比如：讲解数学方程式，他会形象地“用这一伙伙，加上这一伙伙”而得出结论，随后，再循序渐进地深入讲解其中原理，就好像写文章的“倒叙”，让人听起来十分入神！现在想起来，这背后不知凝聚着王老师多少心血和汗水！

三十岁刚刚结婚成家的王老师，就住在机电车间附近一个闲置的车房内。爱人是王老师的同乡，而且是他高中时的同学。据说有人曾问过王老师“为什么会选择远离社区住在这里”，王老师笑了笑简略地答复说：“一是离车间近；二是下井方便。”

一天，李师傅让我到时任机电队长的王老师家中找其在材料票上签字。这天下午，我敲门儿来到王老师家中，王老师爱人非常热情地给我开了门儿。趁着王老师签字，我扫视了家中的陈设，一个不足10平米的小屋内，借着南侧唯一的小窗户透进的光亮，看到一张小办公桌上摆满了正在维修的电气设备，家中除有几个很小的木制箱子和一个临时搭建的木床外，没有一件像样儿的家具。

几年后，随着大毛、二毛两个儿子的相继出世，按照煤矿楼房分配条件和资历积分，王老师一家四口儿终于搬进了煤矿第一批新建楼房，对此，机电修车间的职工无不为王老师一家终于结束了多年的“蜗居”生活而感到高兴！

正值还不足四十岁的王老师家庭事业逐步走向成功之时，他却遭遇到人生四大悲事之一“中年丧妻”，而且事情来的如此突然，让人猝不及防……

那天上午，大毛、二毛到学校上学，王老师的妻子约他一起去粮店购买米面，拿着米面口袋儿的王老师先于妻子走出家门儿，站在楼道内等着她拿钥匙锁门儿出来。然而，让王老师万万没有想到的是他这一等，却成为他们夫妻二人两个世界永久的隔离……当久等不见妻子出来的王老师返回家中时，却发现妻子已经倒在门口的地上不省人事，他即刻打电话给救护队，当救护车赶到将妻子送往医院时，终因抢救无效身亡。

王老师的不幸遭遇，像一股阴霾笼罩着整个机电修车间，大家无不为之伤心悲痛！第二天下午四点下班之后，当我看到电修车间几位职工还在忙碌着准备次日向王老师妻子道别所需物品，并用白绸纸手工折叠祭奠白花时，我也默默地加入到其中。第三天，我怀着悲痛的心情，随同机电队自发送别的职工队伍，向这位曾经默默地支持王老师工作和事业的伟大女性——道别、致敬！

妻子的突然离世给王老师的生活带来了巨大压力。然而，生性刚强的他并没有因此而消沉，仍然工作、生活两不误。在两个儿子面前，他既当爹又当娘；在工作中，他依然以矿为家，随叫随到，一心扑在工作上。好心的街坊邻居以及同事朋友们看到王老师的艰难岁月，几次给他撮合对象，都被王老师婉言谢绝了。

良好的家风和王老师坚强正直的表率作用以及十几年含辛茹苦的养育，终于得到了回报：他的两个儿子不仅茁壮成长，而且非常之优秀，大毛、二毛先后就读于天津工学院和计算机专业，并且凭借他们自己的实力和聪明才智，谋取了各自得意的工作，随即成家立业，成为令人羡慕的成功人士！

三

九十年代初期，在王老师和队部的极力推荐下，我顺利考取了全国成人职工中等专业学校，完成外地委培三年学业。毕业回矿后，正值王老师再度喜结良缘之时。原来，看到王老师两个儿子已经成家立业，经人介绍，五十多岁的王老师与脾性相投的矿医院一位年龄相仿的武医生结了婚，进而成全了王老师一段十分美好的姻缘。二人性格脾气相投，生活十分美满幸福。

王老师是一个十分善良且乐于助人之人。多年来，他培养的学生和弟子不计其数，同时，曾经受到过王老师资助的人也数不胜数。特别是对于那些家境贫困的普通职工，只要得知谁家出现困难，他都会尽其所能，倾囊相助。

让我终生难忘的是进入九十年代后的十几年以来，在我的养母身患脑血栓生活不能自理，作为独生子女的我同丈夫一直为其雇佣保姆服侍其生活起居；2003 年，为了改变家庭居住条件且方便上班，我和丈夫同单位职工一道集体且按揭贷款购买了商品楼，每月需要交付足额贷款；次年，又恰逢女儿考上了大学。正当我的家庭经济十分拮据之时，王老师同武医生商量后慷慨解囊为我拿出五千元，虽说日后已如数奉还，然而当初他们的行动，像似雪中送炭一样不仅缓解了我们一家的生活压力，更让我感到了人间的温暖……

四

随着煤矿机构改革，具有丰富实践经验的王老师始终奋战在煤矿机电生产第一线，并且成为全矿机电系统赫赫有名的专家。哪里有问题，他就会出现在哪里。2000 年煤矿破产重组时，年满 56 岁的王老师提前退休后，矿领导依然返聘王老师做顾问，因为，他们深知只要王老师在身边，他们的心里才会踏实！

2005 年，我家从原来 21 平米的小平房搬到距离煤矿三十多公里的商品楼房新居后，同仍在煤矿居住的王老师夫妇见面的机会减少了，只是逢年过节我或者丈夫会抽空儿回煤矿专程去看望王老师夫妇。每次见面，王老师总会向我打听新建矿井目前的机电生产状况，他虽然人已退居二线，但是，煤矿生产始终是他内心的牵挂！而且，提起生产上的事情，他总是那样滔滔不绝、侃侃而谈，对此，夫人就会嗔怪地向王老师提出反对意见："效梅她难得过来一次，你就不能说点儿别的，成天总是离不开你的机电生产。"我知道，王老师除了生产，从不过问其他，如果我同武医生谈论起其他事情，王老师总是一言不发地躲到书房看书去了。

王老师日常的工作生活特别有规律，而且他从来不喝酒、不吸烟，不暴饮暴食。看到红光满面精神矍铄的王老师始终都是一副乐呵呵的样子，我曾非常高兴地对武医生说道："王老师身体这么棒，而且始终保持如此平和的心态，他一定能够长命百岁！"听我如是说，武医生的脸上不仅会露出更加灿烂而欣慰的笑容，同时，看得出她整个人都会沉静在满满的幸福之中！

一次，我去看望王老师夫妇，恰好遇到武医生的女儿带着刚刚三岁的外孙来到家中。小外孙刚跨进门槛儿，老远就喊着"姥爷！姥爷！"跑过来便扑到王老师怀里撒欢儿，王老师即刻抱起小外孙先是举过头顶，随后便在小脸儿上亲了又亲，武医生高兴地对我说："你瞧，小外孙跟姥爷远比跟我这个亲姥姥还亲！每次见面都是如此。"看着王老师与武医生一家人关系处得如此融洽而亲密，我不禁在高兴之余陷入了沉思，这是一幅多么令人遐想和陶醉的画面啊！想到历经磨难的王老师，多年来，用他的勤劳善良和辛勤汗水，换来了如今幸福快乐的晚年生活，我从内心由衷地为王老师感到高兴！

五

2011 年的一天上午，班中的我无意间听到办公室的同事在议论说王老师患病而且比较严重，现已手术……闻听此言，我的内心为之一振并且感到十分惊讶！因为，之前，我去煤矿办事顺便还去看望过王老师，当时他还相当精神而且好好着呢，怎么突然间就做了手术呢？一天内我工作心不在焉，想给武医生打电话又唯恐会惊扰到王老师，一直按捺着心中的焦虑，下班后，将此事告知丈夫后，他同我一样也十分担心。晚上，我还是迫不及待地先给武医生的女婿陈大夫打电话进行咨询，他告诉我：王老师患的是肾癌晚期，刚在北京做过手术，现由武医生陪护在北京儿子二毛家中进行疗养。随后，我把想到北京看望王老师告知陈大夫，他说：因家人对王老师隐瞒了实情，暂时不必探望。第二天晚餐后，我又给武医生打了电话，询问王老师目前病情。武医生说：王老师手术做得很成功，目前精神状态很好，不必惦念，近日即可回去。

不日，我向武医生要了二毛的北京住址，由在北京工作的女儿抽空儿前往探望。当晚，女儿给我打电话回复说：姥爷不仅饮食很好，而且精神状态也还不错。据姥姥说：昨天有人去看望姥爷，他因身体不适似乎都没怎么说话，今天看到她去了，话也多了，同时精神状态一下子也好了许多。而且，姥爷还惦记着她的婚姻大事。

半个月后，闻听王老师已回家的信息后，我便到煤矿家中探望。陈大夫电话告知，王老师和武医生在他原来电厂家属楼居住。我打听寻找到家中，正好二人户外散步刚刚回来。从外面回来的王老师有些疲惫地坐在一个单人沙发上，而且有气无力地同我说着话……看到昔日精神焕发、神采奕奕的王老师，如今却变得如此面容憔悴、瘦骨嶙峋的样子，我的内心不禁好一阵心酸。唯恐影响王老师休息，我把带来的慰问金和营养品放下后，待了一小会儿，便向王老师告辞说："您刚从外面回来，身子一定累了。您先休息休息，我过几天再来看您！"王老师重重地向我点了点头。然而，我没想到，这次见面，却成为我与恩师的一次永别。因为，当我过几天再去看望王老师时，他们已经返回北京复查，武医生电话告知，下次回去后再行探望。

2012 年 7 月份，即将退休的我有幸获得一次北戴河疗养的机会，想趁此机会偕同多年来因忙于工作无缘出游的丈夫一同前往，因此，便直接为其办理了带薪休假手续。然而，就在我和丈夫来到北戴河出游之时，却从武医生打来的电话中获悉王老师于昨日早晨已经离世的噩耗，因为控制不住情绪，致使我当众痛哭流涕……

六

斯人已去，逝者如斯。迄今为止，王老师离开我们已经整整五年了，然而，每当我看到抑或想起他遍布各地而且成为煤矿企业骨干力量的学生和弟子，就仿佛看到了王老师的身影和他的精神所在。他们每一个人也都继承了王老师的衣钵，必将代代传承。

最最尊敬和敬爱的王老师，您用自己毕生的精力，培养和造就了一大批新生力量，为煤炭事业的发展做出了不可磨灭的贡献！

王老师——安息吧！

您的精神永存！

您将永远活在我们的心中！

发表于2017年12月18日《文悦圈》

挚友·老师

大千世界，一个人的生命中，如若机缘巧合的遇到一位无私的引导、帮助、提携你的人，那么，这个人，就是你生命中的贵人，你，就是弄潮中的幸运儿。

原《中国煤炭报》《中国安全生产报》主编（主任编辑简称）姚喜岱老师，就是我在职工作中遇到的一位这样的贵人，同时，也是我的老师和挚友。

其实，我与姚主编只是一面之交。然而，正是有了这一面之交后，工作中，他却给予了我诸多无私的引导和帮助，让我在自己热爱的事业上如日中天，沿着正确的轨道不断的提升和发展。

说起与姚主编的一面之交，还要追溯到1997年10月份。那是我刚刚从基层被抽调到玉带山矿机关工会从事宣传工作不久，有幸应邀参加了《工人日报》社“班组天地”专栏在北京召开的一次研讨会。由于自己做新闻宣传工作，参会期间，便萌生了顺便到《中国煤炭报》社走访的想法。于是，开会之余，我便抽空儿来到报社。通联部的孙老师听说我是从基层煤矿来的客人后，她非常热情地为我泡茶递水接待了我，还引见我与姚主编认识。

当我与姚主编见面认识落座之后，他十分亲切地询问了我所在煤矿的近况如何，做新闻工作有什么困难等等……从此，姚主编和蔼可亲、平易近人的言谈，给我留下了极其深刻的印象。

日后，除与姚主编通过电话业务联系外，我们没有再见过面。随着时间的推移，姚主编的模样儿在我的脑海中渐渐地有些模糊不清了，但他那熟悉而浑厚亲切的声音，我却始终都不曾忘记……

久而久之，感觉电话中的姚主编不仅像一位老师帮助和引导我，还像似一位挚友和兄长一样的关心我。工作中，当我遇到困难和挫折时，姚主编总会给予引导和安慰；当我取得成就时，他会对我进行赞扬和鼓励！

同时，姚主编也会与我分享他工作中成功的喜悦。记得2006年10月份，在《中国安全生产报》创刊5周年之际，我收到了姚主编特意为我寄来的一份纪念特刊，随后，在电话中，我被这位报社主编那种溢于言表成功的喜悦之情所感动！而且，我也深深地懂得，这份特刊不仅记录着煤矿工人安全生产的奋斗历程，也记载着姚主编以及各位编创人员五年来的心血和汗水，更承载着他们对煤矿工人安全生产的愿望和一片赤诚之心！为此，这份沉甸甸的纪念特刊，十几年来，我一直珍藏至今。

最值得庆幸的是在我2010年被中国国土资源作家协会吸纳为作协会员的基础上，2012年，又在姚主编的推荐下，非常荣幸地被中国煤矿作家协会吸纳为作协会员，为自己钟爱的文学创作事业搭建了新得平台，开启了新的里程碑，踏上了新的征程！

发表于2019年5月23日《文悦圈》

走近艺术家

有句名言说得好：我们不能决定人生的长度，但可以拓展人生的宽度；我们不能保证前途一路平坦，但我们可以始终坚持前行。

我出生在一个小城镇，生长在煤矿普通工人家庭，长大后，从事着煤矿机关文秘工作。虽说从小热爱读书，也非常喜欢艺术之类诸如唱歌跳舞、琴棋书画等等，由于自身没有此类天赋，对于那些艺术家只有毕恭毕敬的崇拜和敬仰。然而，让我万万没有想到的是在我的人生旅途中，竟然能够有缘与几位艺术家近距离接触，并且有幸得到艺术家老师的认可和指导、提携，我感觉，这真得是天赐良缘、三生有幸！

说起十年前 2009 年 7 月与艺术家结缘，还要从之前由我自费整理打印的一部作品集谈起。

自 1996 年我的处女作散文发表以及 1997 年开始从事新闻宣传工作以来，伴随着我的作品频频见诸报端，知名度也在不断攀升，许多同事、同学和朋友纷纷向我借阅。为了满足他们的要求并方便阅读，从 2008 年底开始，我便利用业余时间和工作之余，收集整理了十年以来我在各大报刊、杂志发表过的散文和新闻作品，从中精选出 56 篇，于 2009 年 2 月早春季节，正式通过当地印刷厂编辑打印成册，拱手赠送给那些关心和支持我写作的朋友以及热心读者。

时隔半年后获悉，集团公司宣传部与内蒙古黑金子影视文化传媒公司联合开展了职工文学作品大赛暨黑金子文库征辑活动，而我的这部作品集便在我不知情中被推荐到了组委会当中，进而，为我日后以文会友拉开了序幕……

记得那是 2009 年 7 月底的一天上午十点左右，正在办公室工作的我接到集团公司宣传部矿工报总编打来的电话，他说道："效梅，内蒙古黑金子影视文化有限责任公司的常江老师那天点名要约见你，只因当时已经是晚上九点多，据说你家在外地居住交通不大方便，因此，没有打扰你。对此，常江老师深表遗憾！"随后，黑金子创作部主任王新洲老师接打电话说："张效梅女士，你的作品集我们已经读过了，你的文才得到了内蒙古黑金子影视文化有限责任公司编制组成员的一致肯定和认可！特别是文学资深前辈常江老师对你的作品更是赞赏，非常想与你见上一面。只因常老师事务缠身，已经先行一步，但是留下话要我们转达他对你的问候！"一番滚烫的话语，犹如一股暖流传遍我的全身，我放下电话后，即刻乘坐中巴车赶往集团公司与这些志同道合的艺术家老师们见面，此次见面认识的三位艺术家有：黑金子公司总经理、国家一级演员靳若钢老师；黑金子创作部主任王新洲老师；黑金子艺术总监汤捷老师。

中午，在集团公司宣传部刘部长等成员的陪同下与艺术家老师们共进午餐。就餐中，为了活跃气氛，艺术家们纷纷表演节目，黑金子艺术总监、曾经扮演过刘少奇的特型演员汤捷老师，还亲自为我取了笔名。期间，艺术家老师对我的热情和鼓励，让我终身难忘！

餐后，靳总邀我到其招待所休息处进一步交谈，期间，靳总对我谈起了她的奋斗历程。她从小具有文艺天赋，1979年顺利考上了内蒙古艺术学院学习话剧影视表演专业。1982年表演系毕业后，她被分配到了内蒙古话剧团。近30年的演艺生涯中，她在话剧舞台上担任过二十余部大型剧目的主要角色，曾经参演过话剧《高山下的花环》《旗长你好》等等，并在话剧《牛玉儒》中成功塑造了牛玉儒妻子谢莉的形象。不仅如此，她在影视表演上同样有着不俗的表现，例如，由她主演的电影《送礼》《二娃回来了》《海哥》《情归转龙湾》等受到观众的一致好评。然而，没想到，在我面前这位有着姣好容貌、光鲜靓丽、风光无限且深受观众喜爱的表演艺术家，在她成功的背后，同样有着许多说不完、道不尽的哭涩与艰辛……靳总发自肺腑的人生感悟让我获益匪浅，感慨万千。临别时，靳总几次同我拥抱，同为女性，短暂的相聚，推心置腹的交流，此时的我们着实有一种难舍难分的感受。

此次未能见到中国作家协会全委会委员、国土资源作家协会主席常江老师，我感到非常遗憾。下午回到单位直到家中，之前以文会友的场景一直历历在目，让我非常感动，以至夜晚久久难以入眠。

事后，我便拨通了之前向靳总索要常江老师的联系电话表示歉意！常老师电话中说道："在下次的颁奖仪式上，我们将会见面。俗话说：读其文，识其人。虽说我们未曾谋面，但是，通过阅读你的文集作品，已经认识到了你的人品。我们将推荐你和其他两位同志为中国国土资源作家协会会员，希望你日后再接再厉，创作出更多更好优质的文学作品，为我国文学创作事业做出贡献！"听着电话中常老师的谆谆教导和鼓励，让我备受感动！

此次结识和交谈中，常江老师以及三位艺术家那种精益求精的精神，始终在鼓舞和激励着我。因此，我暗自发誓：一定要沿着常老师和艺术家老师指引的方向——不断迈进！

发表于 2019 年 6 月 30 日《文悦圈》

结识常江先生

说起初识常江先生，还有这样一段风趣幽默的小插曲……

那是2010年1月底的一天下午，我收到了半年前虽未曾谋面却通过手机联系过的常江老师从北京发来的短信：效梅，上次去发现那里的蒜很好，去农贸市场没买到。你如有家藏，给我带上二十头，多了也吃不了。不好跟矿上要的，向你“索贿”了，哈！也许你正犹豫给常老师带什么呢？此时的我内心在想，常老师真是料事如神啊！便即刻回复信息道：常老师，没问题，小事一桩！

你想呀，春节将至，常老师一行即将从北京和内蒙古千里迢迢到集团公司参加文学大赛颁奖大会，而且黑金子传媒公司的各位老师对我又十分器重，我怎么也应该表达一下谢意吧！请客吃饭吗？然而，我知道，各位老师日常是由集团公司相关部门统一招待，个人专门宴请有些不合时宜。馈赠什么特产吗？正当我为此踌躇不定时，风趣幽默的常老师发送的这条短信，不仅为我解了围，也让我不安的内心得到了些许安慰。对于这样的长者，让我不得不由衷地敬佩！

随后，仔细分析常老师的短信，他需要的并不是目前市场遍地都有的白皮蒜，而是夏季市场上一时热卖的当地紫皮蒜。但是我又不敢确定，万一常老师看好的是现在的白皮蒜呢？这样，我只好做好两种蒜的准备了。之前，我之所以向常老师短信承诺“没问题”是有依据的。因为，当年我家里的确在地下室储存有一点准备春节吃的紫皮蒜，只是放置半年之久，既不新鲜且个头儿也缩小了一些。经过目足有 30 多头吧，假如市场上买不到，这次还真得被派上用场了。

次日早晨一起床，我初步拟定了“买蒜”的计划。首先到各农贸市场做一次仔细搜寻，看是否有卖紫皮蒜的，哪怕只有一家，无论多么昂贵我都会买下。如果没有，就买上 2 斤白皮蒜。结果，陆续到过三个农贸市场查寻，果真一个卖紫皮蒜的都没有，我咨询了一下卖蒜的商家，他们说：目前冬季市场根本买不到当地的那种紫皮蒜，现在全部都是外地种植一色的白皮蒜。既然如此，我只好从市场上秤了 2 斤最好的白皮蒜回家。晚上，我将白皮蒜和家藏的紫皮蒜分别装入两个食品袋内，找来一个较为体面的手提盒，准备次日奉送给常江老师。

2010 年 2 月 2 日，集团公司党委宣传部隆重召开“2010 年宣传思想工作会暨文学大赛颁奖大会”，我个人作为获奖者应邀参加会议，进而一睹了常江老师的风采。

当年，68 岁的常江老师虽然已经是满头白发，然而，从他言简意赅、精辟而精彩的演讲中可以看出，常老师学识渊博，才思敏捷，通过其言行举止，给人以容光焕发、精神抖擞、气度不凡儒雅而脱俗的艺术家风范。散会后，我又看到常江老师身板笔挺，走路大步流星，从其快捷上楼的身影中，同样看不出他有丝毫气喘的迹象。目睹常老师面色红润、丰神飘洒、气宇轩昂的神态，让人赞不绝口，无论是与会者还是旁观者，无不对其投以敬仰的目光！

在文学大赛颁奖仪式上，常江老师在发表热情洋溢的演讲中同时宣布：将吸纳我和其他两位同志加入中国国土资源作家协会会员的决定。会后，常老师将“会员登记表”发送到我的手中，从此，为我今后实现自己的文学创作梦想打开了一扇天窗，并为我在文学领域拓宽了广阔的空间。

当天下午，常江老师和黑金子传媒公司的诸位老师即将返程，在同老师们匆匆话别时，我将自己的作品集一一赠送给了各位老师，以留作永久的纪念！

时间如梭，转眼之间十年过去了！

进入 2019 年 6 月初，按照自己拟定的文学写作计划，我便随意写下了“结识常江老师”这一散文标题。然而，标题写下后，却对其中的称呼有些困惑……因为，对于常江先生这位德高望重曾被评为全国“联坛十杰”的楹联泰斗并被誉为“帐篷诗人”的文学巨匠，我这个做晚辈的究竟如何称呼才算合适呢？

之前，我之所以称常江为“老师”，是因为初识常江先生时，或许是他平易近人的性格释然，大家通常都是如此称呼，我便随波逐流地随口称之了。

如今，当我真正用文字表达时，总感觉“老师”这一称呼对于常江先生还是有些俗气。为此，上网查阅相关资料得知，常江先生日常出任的角色太多了，譬如：当他为学生授课时，有人称他为教授；当他做客央视多类媒体节目时，主持人常称他为老师；根据他在楹联文学界的贡献，有人称他为先生……

说来也巧，正当我开始撰写此文，一时间又为称呼之事感到困惑时，前不久，在朋友圈惊喜地看到了一位文学界资深老师由《中国民族博览杂志》6 月 12 日刊登转发的《瞧瞧，瞧瞧——常江先生自述》一文，读后获益匪浅，感触颇深，同时，对常江先生有了更加深入的了解。于是之，此文标题的称呼，也便以此为鉴了。

据相关资料显示，常江先生，本名成其昌，满族，1943年生，吉林市人。出生于“名门之后”的常江先生，是吉林历史文化名人成多禄的曾孙，也是抗俄殉国袁寿山将军的曾外孙。

常江先生从小爱好广泛，喜欢曲艺、诗歌、楹联、朗诵、读书和收藏等，著有诗集《庐山放歌》《大山醒来吧》《流浪歌》，编纂工具书《名联鉴赏词典》《中国对联大词典》(主编之一)、《中华名胜对联大典》《数字合称百科名物词典》《北京名胜楹联》《名湾名胜楹联》《古今联语选萃》《楹联集翰》《中国楹联大典》，专著《中国对联谭概》《成名禄集》《幽默诗文小品1001》《奇趣妙绝对联1001》《对联知识手册》《奇趣妙绝对联》《中华对联大观》等。其中诗集《大山醒来吧》获全国地质系统文学创作特别奖，长诗《帐篷村》《桂林水》分别获1983年地质部、全国科学文艺优秀作品奖，歌词《篝火歌》《流浪歌》《葬礼歌》均获首届宝石文学奖，组诗《信，帐篷文化圈纪事》获第二届宝石文学奖，专著《中国地联谭概》获全国首届满族文学奖。

常江先生尤其在楹联方面很有造诣，是当今联坛一大名家。近10年来，曾主持数十次全国征联评选工作，并以他出众的气质、出彩的语言和出色的临场反应，一次又一次登上央视的大舞台，向国人展现对联文化的风采，展示对联学者的涵养和魅力！

近日，通过阅读《瞧瞧，瞧瞧——常江先生自述》一文，首先，让我深切地感受到常江先生之文字功底非同一般！先生此文,是以简单的四个“瞧”字做标题和导语,以此引导读者:一瞧他这一摊子，呈现他通过六十年的写作生涯，已著有《常江文集》十二卷；二瞧他这一辈子，再现了他这位集文化底蕴于一身的儒家风范；三瞧他这一家子，呈现出载入史册的家族和前赴后继的光辉；四瞧他这一帮子，展示出一位艺术家高尚的人格魅力。其次，通过阅读此文，感觉全文实实在在，既不浮夸，也不造作，从始至终贯穿着就两个字“文化”。通过这“四瞧”，不仅彰显出常江先生这位中国文化传承人的使命与担当，而且，一个大写的“人”字已经活灵活现的呈现在我们眼前，进而，在文化领域，为后人塑造出一个独领风骚当之无愧高大的楷模形象！

发表于 2019 年 8 月 22 日《文悦圈》

人生感悟

◎宁要病死，不要被病吓死

◎珍惜拥有

◎时间……

◎别把简单的事情复杂化

◎童　心

◎健康人生

◎一切都是最好的安排

死生，天地之常理，畏者不可以苟免，贪者不可以苟得也。

宁要病死，不要被病吓死

我要讲述的故事，并不是我自己的亲身经历，而是我的母亲在她生命的旅途中，曾经历过一次误诊的打击。事情虽然已经过去 20 年了，但我至今记忆犹新……

那是 1982 年，我刚 21 岁，参加工作不到两年。一天中午下班后，兴致勃勃的我回到家中准备吃午饭，一进门，家中的情形让我一下子愣住了：一向爱说爱笑每天等着我共进午餐的母亲一改往日的神态，眼睛红红的像刚哭过的样子坐在床上，紧挨母亲坐着的邻居大婶正同母亲说着什么，见我进门后立即把话打住而且眼盯着我一直不再说话。再看看性格内向不爱讲话的父亲，一个人坐在里屋椅子上低着头一直吸着烟，地上已经扔了好几个烟头……看到这些，我好生纳闷，便问母亲："妈，这是怎么了？"母亲拿起手中的毛巾擦着眼睛，止不住的泪水一直往下流。她说："我这几天总是感觉腹部憋得慌，今天上午就到医院做了一个 B 超，那位做 B 超的医生说我的膀胱上长了一大一小两个肿瘤，让我回来准备一下马上就去住院。"当年，在人们的潜意识中，肿瘤 = 癌症 = 绝症，而且报刊、杂志上很少见到有治愈癌症的先例。我听到这里，脑袋"嗡"的一下大了起来。看着老实巴交、愁眉不展、无可奈何的父亲，望着一度支撑这个家庭现在又遭此打击、精神几近崩溃不知所措的母亲，我简直惊呆了。不仅连一句安慰母亲的话都不会说，而且还随着母亲一起落起泪来。事后回想起当时我的神态，深感愧疚。

第二天，母亲在亲朋好友的帮助下，住进了本地医院，开始进行进一步的确诊。

而最令我难忘的是与我在一起工作的王师傅，他看到我被母亲突如其来的疾病因害怕而流露出的胆怯神态时，对我说了这样一句话："人吃五谷杂粮没有不生病的。要记住，得了病，宁要病死，不要被病吓死。"王师傅的这句话，对我启发很大。母亲治疗期间，正是他的这句根本算不上名言的平常话，让我真正地坚强了起来。同时，我也多次用这句话去鼓励母亲坚定战胜病魔的信心。医院通过对母亲进行一系列的检查，结果诊断为：膀胱癌。因母亲患有多年的高血压，现在更是居高不下，因此，医院决定先经过消炎、降压过程后再进行切割手术。手术——对于像母亲这样一位多年高血压、年龄已近60且目前精神受此沉重打击的人来说，结果如何真是难以想像。但又没有其他更好的办法，我们只好同意手术。

就在母亲准备手术的前一天，事情突然发生变化。我家接到院方通知：母亲需要到一家大医院再次进行检查诊断。听到这一令人费解的消息，我和父亲找到医院有关人员了解情况，得知：一家大医院泌尿科的王医师经过观察，对母亲病情的结果产生怀疑。本着对病人高度负责的态度，王医师提议到他所在的大医院再次进行确诊。

这家医院离母亲现在所住的医院，坐火车需要6个多小时。根据母亲当时的精神状态，一路上我们担心她的身体吃不消。但王医师说："此行很可能会给你家带来好的转机，而且，一切均由我来安排，你们陪着病人去就是了。"听他这样一说，我们打消了一切顾虑，把希望全部寄托在了这位王医师身上。

这天，母亲在我和我的一个远方舅舅的陪同下与王医师来到了他所在的医院。到了医院，母亲在一不用排队挂号，二不用求人疏通关系的情况下，被王医师直接带进了检查室，我同舅舅在外边耐心地等待。没过40分钟母亲便从检查室出来了，与我们一起等候检查结果。此时，我的心"嘣嘣"跳得非常厉害，生怕出现更可怕的结局。坐在椅子上心里暗自祈祷：苍天啊，请不要再折磨母亲了！就在我们等得心烦的时候，王医师面带微笑走出了检查室，我和舅舅迫不及待地迎上前去询问结果。王医师高兴地对我说："你们此行来得值啊！你母亲得的根本不是膀胱癌，只是有些膀胱肿大，吃些消炎药就会好的。回去后，不必住院了，接回家疗养就可以了，一年后再到此进行一次复查。"接着，王医师递给我一个药方，嘱咐我到楼下取药，药费仅用了12元。

事情的突然变化，我感觉似在做梦，又像是在演戏。总之，不像是真的一样。再看看母亲，她的精神也一下子好了起来。三个人到餐馆饱饱地吃了一顿饭后，当天，坐火车回到了家中。母亲回到家后，精神一天好似一天，重新恢复了她以往爱说爱笑精明强干的模样，邻居们也都为母亲能有今天而高兴。

20年过去了，如今，78岁高龄的母亲虽然患有脑血栓，但无任何泌尿方面的症状。虽说那是一场虚惊，但是，我间接地与母亲经历了一场生与死的考验。

通过这件事，让我更加理解了"宁要病死，不要被病吓死"

这句话的丰富内涵。当一个人身患绝症时，其一，要正视它，客观地去面对现实；其二，消除顾虑，以积极的态度配合治疗；其三，顺其自然。

被病魔夺去生命是无奈的，而因惧怕病魔失去生命却是可悲的。

发表于《当代矿工》杂志2002年第8期

珍惜拥有

一天，走在矿区的大街上，迎面碰到了一位曾经同我在一个单位上班的刘师傅，由于十几年未见面，他看上去满脸愁容而且苍老消瘦了许多。然而，在我的印象中，刘师傅过去曾经是一位极其乐观之人，而且每天都是笑口常开。今日见面寒暄过后，刘师傅向我讲述起他家庭的不幸遭遇……

刘师傅夫妇曾是当年令人羡慕的双职工，五年前，先后退休在家。他们身边有两个儿子，其中大儿子双腿膝关节患有先天性骨髓病，结婚不久便不能站立而失去自理能力，儿媳改嫁他人，之后一直由刘师傅夫妇照顾。小儿子身强力壮，长相英俊，成为刘家人的寄托和希望。

然而，天有不测风云，小儿子三年前突遭车祸，不幸身亡。这五雷轰顶的家庭变故，不仅让刘师傅夫妇尝尽了白发人送黑发人的伤痛，也让他们失去了精神上的支柱与希望，更给他们的心灵造成了巨大创伤。从此以后，一向笑口常开的刘师傅脸上没有了笑容。再加上大儿子随着年龄的增长，病情也在不断恶化。刘师傅夫妇退休以后，本想着能够与儿孙们共享天伦之乐，然而，只因遭遇这种种不幸，让他们原本圆满幸福并对生活充满无限希望的家庭失去了信心。

听到刘师傅讲述自己家庭的不幸遭遇，起初的几天里，我的内心也总是为这个家庭感到痛心。然而，回首耳闻目睹抑或发生在我们身边猝不及防的人生变故，例如：中年丧子、英年早逝、交通事故等等……凡此种种，让我们不得不对人生有一个更加理性的认知。

有人曾对人生做过这样的概括："如果你有存款，钱包里有现金，你已经是世上最富有的 8% 了；如果你早上起床，没病没灾，你已经比活不过这天的 100 万人幸福多了；如果你从没有经历战乱、牢狱、酷刑、饥荒，你比正身处其中的 5 亿人幸福多了。"所以，幸福不是没有什么，而是拥有什么。没有金钱，我们还有家人，还有爱；没有结婚，我们还有朋友；没有朋友，我们还有健康；没有了健康，我们还有生命。

人生旅途中，应该牢牢地记住这样一句话——人生苦短，不如意之事十有八九。因此，我们必须要活在当下，珍惜生命，珍惜现在，珍惜拥有！

写于 2014 年 6 月 20 日

时间……

回首上半年的时光，一转眼，2017年的时间又过去了一半。随着时间的飞逝，在我与同龄人一遍遍地感慨“时间如梭”的同时，对于自己没有按照计划写出一些像样的东西而感到沮丧甚至懊悔。然而，当我从内心抱怨自己前段儿时间又白白浪费掉了的时候，时间，依然不紧不慢公平地对待着每一个人；当我的眼睛定格在日历上不断的质疑“时间都去哪儿了”的时候，时间，依然在一秒、一秒不停歇地“嘀嗒”前行……

自2016年10月份至2017年上半年以来，通过女儿先后三次以900元/次预约北京著名养生专家为我进行饮食调理以来，我的血脂六项化验指标逐步趋于正常，使得困惑我多年的高血脂症得以有效治愈，特别是2017年6月份以来的化验结果显示：各项指标均在正常范围之内，实现了自己预想达到的目标。看到如此理想的结果，心情自然更加愉悦。心想，总算没有辜负了女儿对我的一片孝心！

不仅如此，而且，我的身材也由去年大腹便便赘肉连连，渐渐变得苗条健美起来，穿出来的衣服既不臃肿也好看多了，为此，受到了同龄姐妹们的广泛赞誉。

或许，人越是上了年纪，就越注重自己的神态仪表，更加爱美。为了让我开心，每到换季时节，女儿都会为我购买许多好看、时尚的服装及首饰。今年夏季，终于又可以尽情展示自己的风采啦！

正当我沉浸在满满的快乐和幸福之中，却由于生活中一个疏忽大意的小细节，让我品尝到了一个苦涩的后果……

7 月 12 日这天，我计划的午餐要做三道菜，已经炒出一荤一素两道菜后，还有一道凉拌绿豆芽，为增添美味儿，需要炸少许花椒油，具体操作：锅中放油，油热至冒烟儿时放入五六粒花椒，因为这样炸出来的油才香，待花椒变黑起锅，花椒用木铲剔除，将油倒入已焯过水的绿豆芽中，炒锅放回灶台。就在此时，我忽略了一个细节，木铲上的一滴油，恰恰滴到了我穿着拖鞋的右脚拇趾跟部，当时，尖利的刺痛一下后，便觉麻木，立即放下手中餐具，到卫生间打开凉水开关，脱下丝袜直接冲洗烫伤部位一分钟左右，原以为这样就没事儿了。没成想，当我做完菜、吃过午餐、收拾完毕、洗过澡，也就是烫伤后的两个半小时之后，才惊讶地发现烫伤处起了一个小指肚儿大小的水泡。因为，这种情况在我有生以来还是第一次遇到，着实让我有些束手无策，不知如何应对。

面对现状，首先想到暂时不能穿鞋、下楼、出门儿，更不能洗澡了。于是，即刻上网查询相关资料，寻找应对措施和解决办法。哎！忽然想起华佗药房买药收据单上有联系电话，我便根据票据上面提供的信息：24 小时用药咨询并送药上门。随即拨打票据上的电话后，张家口华佗药房总部一位女士接听，她得知我脚被烫伤情况后，通过上网查询记录，得到我曾在华佗药房买药信息，即刻联系此店店长，吩咐其立即与我联系上门送药。

片刻，华佗药房小顾店长打来电话，询问我目前脚部伤势，我告知情况后，她果断做出判断，可以用碘伏和三黄珍珠膏进行疗伤，同时及时叮嘱我说："由于外皮对内部起有保护作用，所以千万不要用针挑破水泡。"我告知她说幸好我没有挑破。随后，她要了我家住址，十五分钟后，带着用药和棉签同药房小王女士一起来到家中。小顾店长首先用清水为我擦拭水泡周边，随后，涂了一层碘伏，十分钟左右，抹了一层三黄珍珠膏。然后，嘱咐我每天按此方法用药三至四次，饮食忌辛辣。支付了药费，二人告辞。

目前，虽说只是一点儿小伤，然而，穿鞋却成了问题。记得女儿曾有一双木屐凉鞋比较适合我现在穿，只因女儿不在家而我平时又穿不着，就将其放到地下室了。现在突然想穿又不方便去找，只好用现在的拖鞋做鞋底，用一根松紧带把脚和鞋套起来，这样，虽说不如木屐美观，然而，在家中行走、做饭不会受到影响。

连日来，我总算领略到对于一个每天习惯于晨练跳操、上街购物、晚上散步之人，一下子被限制在家中是何等煎熬，简直就像坐"禁闭"一样失去了自由，真有一种"度日如年"的感受！心想，幸亏我有写作的爱好，不然，真不知道这样的时间应该如何打发。

然而，7 月 12 日刚刚进入头伏，正值炎炎夏日酷暑难耐的季节，特别是今年这个夏日极其的闷热，四五天持续 35 ~ 36 度高温已经是司空见惯。按照惯例，午休之后吃过水果，四点半在卧室穿着短裤和吊带背心，开始边喝茶边用电脑写作，只开客厅空调仍然大汗淋漓，只好将卧室空调也打开一会儿。然而，或许是脚伤的缘故，每次写不了多少字，内心总会出现些许浮躁而不想再继续写下去。此时，我便试图转换一种方式，拿出平日想看却总也没时间欣赏的相册，看着一张张昔日的照片，不仅会勾起当初一些美好的回忆，还能让自己浮躁的心情平息许多。

从周三至周日，通过连续五天在家用药疗养脚伤，伤势总算逐渐好转：第二天早晨水泡开始破口；第四天伤口开始结痂；第五天，我便用医用砂布覆盖伤口，穿着透气运动布制凉鞋下楼，带着一袋果糖到药房找到小顾店长，对其当天能够及时送药上门表示深深的感谢！此时，小顾店长询问我目前右脚伤势如何，我脱掉鞋子让其观察后，她说：伤口恢复正常，继续保持目前干爽状态，伤口发痒时，只需涂抹少许碘伏即可。我说：明天开始，我想去公园晨练跳操了。她说：可以，穿这种透气凉鞋很好！

7 月 17 日即烫伤后的第六天，我终于恢复公园晨练跳操活动；次日，恢复晚餐后到户外广场散步。进而，结束了连续五天度日如年的“禁闭”式生活，重新获得了自由！

没想到随着伤口的渐渐愈合，五天的疗养禁闭生活过后，又连带出现了诸多副作用如：口腔溃疡、便秘等“上火”现象，同时，面部还起了几个包状小红疙瘩，起初以为是新打开且刚用一次的防晒霜过敏，当我停用化妆品小红疙瘩渐渐消失，日后继续用防晒霜安然无恙。由此断定，小红疙瘩是我涂烫伤药膏过程中在细节上做得不够到位而引起的交叉反应。由此看来，日后身体无论用何辅助药膏之类的化学药品，切记：一定要暂停面部化妆用品！

针对上述上火状况，通过对症下药措施应对，特别是恢复以往规律性的晨练和晚上散步，生活逐渐步入正轨，上述不良现象总算渐渐消失。虽说脚伤基本愈合，但结痂尚未脱落，所以，洗澡、洗菜时依然不能溅到水，穿鞋时不能受到摩擦，凡此种种，我都会想尽办法积极应对。每当此时，我总会想到那些残疾人士特别是残运会上的运动员们，他们一个个身残志坚的形象就会浮现在脑海，相比他们来讲，我这一点点皮外伤又算得了什么呢！

通过烫伤这件事情，让我深刻体会到：安全无小事，处处须防范！为了吸取此次教训，同时鉴于健康考虑，日后，我彻底杜绝了此类高温炸油做菜的操作过程，并将此次烫伤事件看作是上天对自己的一次教训和惩罚，牢牢的铭刻于心！

此刻，让我想起曾经有人用“1000000000……”来比喻人的一生，其中“1”代表健康，各个“0”代表生命中的事业、金钱、地位、权力、快乐、家庭、爱情、房子……由于纷繁冗杂的“0”充斥了人们的生活，“1”常常被忽略，而“1”一旦失去，所有的浮华喧嚣都将归于沉寂。与此同时，也让我深刻意识到：无论时间如何飞逝，只要我们每天平安健康的生活，始终保持一种积极乐观的心态去战胜各种纷繁复杂的困扰，并且快乐地做自己喜欢的事情，开开心心地过好每一天，生活就会充满阳光，人生就会精彩纷呈！

写于 2017 年 7 月 28 日

别把简单的事情复杂化

有道是：吾日三省吾身。

伴随着年龄增长、阅历的增加，感觉自己无论办事情还是想问题，渐渐变得多虑抑或谨小慎微，进而，常常会把极其简单的事情想象的过于复杂，往往将自己束缚于困惑之中。不仅耗时费力，无形中，还给自己增添诸多不必要的烦恼……

例如，之前在我生活中发生的两件小事儿，就是如此。

一是更换墩布头儿。2015年底乔迁新居时买的奥妙牌套装墩布，时隔两年，自己找出备用墩布头更换。由于旧墩布头儿已经用过将近两年，已经忘记当初是怎样装上去的。在没有说明书的条件下，仔细观察，猜测一定是用螺丝固定上去的，便戴着手套用改锥把螺丝拧下，轻松地将旧墩布头儿取下，换上新的开始安装。然而，费了好大劲儿，却无济于事。于是，才想到明日到超市卖同样墩布处咨询一下吧。结果，通过营业员演示得知根本不必螺丝固定，只要将墩布头儿与底座扣在一起即可。回家照此一试，果然如愿以偿！原来，是自己过于多虑，把如此简单易行的安装方式想象得过于复杂化了。

二是开启化妆品喷头儿。超市买一瓶弹力素，由于之前曾经买回的弹力素因喷头儿不能启用，只好用吸管将弹力素抹到手上后，再往头发上涂抹。所以，这次买的时候请求营业员当场开启，但其唯恐有问题而拒绝，并且承诺如果回家打不开可以拿来更换。既然如此，我便放心买下。然而，第二天早晨用时，旋转了七八圈儿喷头也没能弹起来，于是，准备明天公园晨练后顺便到超市更换。次日，临出门时，当我拿起弹力素又试着拧了半圈儿，结果，喷头儿“嘭”的一下奇迹般地弹了起来，此时，我才恍然大悟，昨天之所以没能开启，估计是自己把方向拧错了，正确的做法是应该朝着紧盖的反方向开启。仔细一想，还是自己耐心不足，操之过急，最终将事情复杂化。

事后通过女儿引导得知：生活中类似上述这些常识性的小事情，只要通过百度查询即可迎刃而解。如今，我只是通过列举自己经历过的这两件小事儿来举一反三，感悟生活。

其实，生活中很多事情并不是我们想象的那样复杂或者糟糕，关键是遇到问题不能够冷静思考，泰然处之，却常常急于求成，结果是欲速则不达。这样，不仅将简单的事情复杂化，甚至一败涂地。究其原因，是自身修炼不够、心浮气躁的习性在作怪。

写于 2017 年 12 月 6 日

童　心

2018年6月1日这天清晨，张家口市宣化区人民公园阳光明媚，景色秀美，而且热闹非凡。

当我八点钟按部就班地走进公园，远远地看到姐妹们每天晨练跳操的活动场地已被占用，工作人员在此早已搭起了棚子、舞台，摆设好乐器，万事俱备，静静地等待着老师和小朋友们的陆续到场，以迎接九点钟庆“六一”文艺演出活动。

每天七点半便开始跳操的姐妹们，只好压缩活动时间和空间，提前半小时结束活动。由于时间比较宽裕，我同另外两位姐妹一起，围绕公园环行散步。途中，两个姐妹因故开了小差儿，我便随着游客一边散步，一边看到优美的景色用手机拍摄照片。期间，遇到抱着小孩儿拍照的小夫妻，我便走上前帮助他们选景、拍摄，当我看到镜头中小朋友和爸爸妈妈其乐融融的样子和那一张张灿烂的笑容，内心由衷地为充满幸福的一家人感到高兴！拍照之后，我一边走一边尽情地低头欣赏手机照片，并沉浸在美拍后的喜悦之中。

此时，远远看到拥来一拨儿统一着装、戴着红领巾的女生，她们追逐嬉笑着，一边走还一边做着小朋友才有的顽皮滑稽动作进行拍照……一时间，我被她们这种天真烂漫的举动所感染，心想，现在很少看到如此有激情的小学生了，准备上前协助她们拍摄照片，并鼓励她们一定要珍惜岁月、珍惜现在所拥有的美好时光。

然而，当我走近定睛一看，原来，她们不是小学生，而是一群扎着小辫儿、统一少先队员着装与我年龄相差无几的姐妹！带着好奇心我随口询问身旁的一位妹子：“你们是否要参加比赛啊？”妹子笑着回答说：“我们不是参加比赛，姐妹们只是趁着‘六一’儿童节，自发组织的一次具有纪念意义的活动！”

此时，我不仅被姐妹们这种活力四射的激情所感染，更为她们永葆“童心”的举止所感动！此时此刻，我从内心为姐妹们点赞！虽说我同她们素不相识，但是，情不自禁中，我只想记录下这美好的瞬间和遇见，为姐妹们拍照并同她们合影留念！

回到家中，我第一时间将照片发到了朋友圈并且发表《“六一”特写》感言：“六一”儿童节之际，衷心地祝福小朋友们节日快乐！同祝各位老顽童们开心快乐每一天！生活多美好，且行且珍惜。无论生活什么滋味儿，都要“童心”到老！

照片和感言发出后，随即赢得众多好友的关注和点赞！

发表于2018年6月6日《文悦圈》

健康人生

2018 年初，我通过互联网获悉：联合国世界卫生组织通过对全球人体素质和平均寿命进行测定，对年龄划分标准做出了新的规定，该规定将人的一生分为五个年龄段：即 0 ~ 17 岁为未成年人；18 ~ 65 岁为青年人；66 ~ 79 岁为中年人；80 ~ 99 岁为老年人；100 岁以上为长寿老人。

看到新的年龄划分标准，由衷地感到欣慰。因为，人体素质提高了，人的平均寿命也就相应提升了。同时，也为我们六零后这个年龄段儿被划分在青年人的行列感到欣喜。忆往昔，受先辈以及传统观念的影响，潜意识中，经历过“年过半百”的冷落即将步入“花甲之年”的我们这一代，距离国人平均寿命已经不远了；看今朝，伴随着医学事业的发展和科技的进步，健康活过一百岁已经不是奢望，更不是遥不可及的事情。

随着年龄的增长，越发羡慕那些健康长寿的老人，无论他们是名人还是普通百姓，无论他们职位高低富足还是贫穷……

曾记得在我的人生经历中，有一位印象最为深刻的长寿老人，她，就是童年时期我家的邻居小脚儿——周大娘。

由于六十年代均为公住房，周大娘和我养父母家人口较少，所以，我们两家人同走一个堂屋，如同现在的三居室。

多年来，虽说是两个家庭却像似一家人一样，童年时期的我对于周大娘家的饮食起居，简直是了如指掌。

周大娘是周大爷前妻过世后从农村娶回家的后续老伴儿，周大爷之前育有儿女且均已成家立业，老两口以周大爷的国有副食商店工资为生。

自从我记事以来直到最后一次见到92岁高龄的周大娘，一向心态平和、不急不躁的她始终都是同一副模样儿：圆圆的脸庞，额头前面梳得精光，将头发挽起用黑线网儿套在脑后形成一个发髻。一年四季交替穿着的黑、灰、蓝、棕色的大襟上衣和一条深色裤子。

小脚儿周大娘，是我有生以来见过寥寥无几小脚女人中的一个，而且，我还亲眼目睹过周大娘早晨起床时，用一条大约一米长的黑布条缠裹小脚儿的过程。据周大娘讲，她在封建社会的童年时期，为了能够达到"三寸金莲"的目的，曾经历和忍受过巨大的疼痛和折磨。周大娘从小生长在农村，自中年丧偶后，改嫁到矿区居住的周大爷身边。从此，夫妇二人相濡以沫，过起了简单、平静而朴实的生活。

心地善良。周大娘和我的养母一样，都是属于那种热心而善良之人，看到谁家人口多或者遇到困难，总会伸手帮助一把。记得邻居家有一位70多岁的老奶奶身患重病，由于家中人口多想吃顿饺子又不敢张口，她得知后心存怜悯，便把自家煮好的饺子送到老人床前；附近有家双职工夫妇，因女儿小没人带，便找到了热心的周大娘，起初，周大娘感觉责任重大，不想接收，但为了帮助这对夫妇，她还是勉强答应先试一试，结果，老两口越发的疼爱小女孩儿，从几个月一直带到三岁进入幼儿园。由于习惯了之前带小女孩儿的生活，接着，周大娘又承揽了另外一个小女孩儿直至带大。随着年龄增长，周大娘带不了小孩儿了，她便开始养猫儿，每天，总能听到她像教训孩子般地同小猫儿说话的声音。

生活规律。因为周大爷在附近的副食商店上班，周大娘一日三餐定时而且规律生活。每天早晨六点起床给周大爷做早餐，周大爷吃过早餐后八点钟准时上班营业。中午12点钟下班，徒步回家吃午餐。午休后，下午两点上班，六点下班。周大爷每天午餐必定要喝二两小酒，而且，他一边喝一边还要跟周大娘津津乐道地讲述自己的所见所闻，周大娘便在一旁认真倾听并且随声附和。喝过酒的周大爷话儿多，而且讲话嗓门儿也倍儿高，外边不知情的人会误认为他在跟谁吵架，而左邻右舍熟悉他的人也就不会在意，因为一年365天，周大爷天天都是如此。

乐观开朗。那时的家庭做饭，全都是拉风箱。现在想起来，每天周大娘和我的家人背对背拉着风箱、做着饭、说着话儿，很是有趣儿，也很热闹。当年，最为流行的样板戏《沙家浜》《红灯记》家喻户晓。我曾经根据年龄特点，形象地把我的母亲比作阿庆嫂，把我的父亲比作刁德一，把有些白发的周大娘比作沙奶奶，把当初有些秃顶的周大爷比作胡传魁。做饭时，我还学着院内大人们的腔调儿猛然间向周大娘问上一句："老太太，你知道这是什么地方啊？"周大娘反应很快，她会紧接着拉着长音半开玩笑地回答："馅儿——饼——队（宪兵队）！"她这一说，总会逗得我和家人们笑个不停……周大娘没事儿时，也总喜欢打扑克，她除了会玩儿"争上游"和"拉骆驼"之外，其它什么都不会。由于她的牌技太差，大人们不愿跟她玩儿，她就在家召集我们这些小孩子同她一起打扑克儿，而且，常常要玩儿到深夜都不想睡觉。

1991年9月，正值我接到成人中专录取通知书即将启程时，当年，已经92岁高龄的周大娘曾到家中看望过我身患脑血栓的养母，那是我见到老人家的最后一面，记得当初的周大娘腿脚灵便精神状态依然良好。当我学制三年毕业回矿后，据周大爷的孙女儿说，在她的爷爷84岁病故后，周大娘在其侄子的照顾下，始终保持着良好心态，最终，一生从未住过医院，也未患过大病的老人家于两年前安然辞世，享年95岁。

近日，在我电话采访周大爷的孙女儿时惊喜地获悉：她年满一百岁的姥姥如今依然健在！而且，姥姥同周大娘有着共同的乐观开朗、生活规律、心态平和的特点，由此，我在衷心地为老人家长寿祝福的同时，从内心对这位虽未曾谋面却屈指可数的百岁老人，肃然起敬！

发表于2018年9月7日《文悦圈》

一切都是最好的安排

伴随着年龄的增长，即将步入花甲之年的我，经过风雨兼程，一路走来，通过无数人生十字路口的徘徊、彷徨与抉择，顿悟：顺应天意，一切都是最好的安排！

记得十几年前曾读到过这样一则故事：

有个凡人，看到大家都拜菩萨，感觉菩萨好辛苦，便请求替替菩萨。菩萨不同意，但是经不住这人多祈求，便答应了。菩萨再三叮嘱此人："无论人们发生什么事，都不要说话。"此人连连点头。

不多久，进来一个富人，祈祷发财，临行时，不慎将一个钱袋落下；没多久，又进来一个穷人，祈求温饱。低头看到钱袋，喜出望外，心想"还真灵"，捡起钱袋就走；紧跟着来了个水手，祈求半个时辰后出船平安。

富人发现钱袋丢失，回来寻找，误以为水手捡了去，两人争执不休并撕扯起来。坐在菩萨位置的人实在忍不住，便告诉了他们刚才的实情，富人及时找到穷人，要走了钱袋，水手得以按时出海。

此人正暗自高兴之时，不料菩萨出现，问他："不是说好不出声的吗？本来富人丢了这袋钱，穷不了，而穷人能靠这袋钱度日。水手因为撕扯，会耽误出海时间，免去翻船之灾，现在，一切都乱了。"菩萨手一挥，只见，富人被劫匪抢了钱袋杀死，穷人的家人饿死，而水手因为遇到风暴，落水身亡。此刻，想帮助菩萨的凡人，一下子愣住了……

这个故事给我的印象极其深刻，而且，在我人生的旅途中感触颇深。

记得 1999 年我所在的百年老矿，因为资源枯竭、资不抵债而被迫申报破产，当初，机关部分适龄人员恰好能够享受到优惠政策而办理提前退休，由此受到众人羡慕。而有个别职工，由于年龄与其相差无几却被划归到政策之外，由此心生不悦。然而，时过境迁，时隔十年后，破产重组后的这些职工，随着企业效益逐步好转，工资较当初提前退休时数倍增长，此时，又赢得了提前退休职工们的艳羡……

古人云：失之东隅，收之桑榆。原指在某处先有所失，在另一处终有所得。比喻开始在这一方面失败了，最后在另一方面取得胜利。塞翁失马，焉知非福。事情没有绝对的好坏，全看你的心态。眼睛盯着伤疤，会一直疼下去。看着远方，才会拥有未来。很多时候，那些无法跨越的坎儿可能是为将来的某件事做铺垫。

由此，让我想起北宋时期的苏轼和他的一句名言：如果事与愿违，请相信一定另有安排。

苏轼是一位才华横溢的文学家，也是一个政绩显赫的政治家。然而，他一生坎坷，颠沛流离，屡遭贬谪。苏轼因为乌台写诗一案从四十四岁开始被贬谪黄州，后来又贬至惠州和儋州，前后在贬六年，晚年才遇赦免北归。

作为一个文学家和政治家，面对不幸的遭遇，豁达的苏轼无论在什么样的逆境下，都不会唉声叹气，怨天尤人。无论处在何时何地，他总会保持一种旷达振作的精神境界，乐观向上的人生态度。他登山揽胜，临渊赋诗，努力寻找人生的快乐与休闲。正是由于苏轼这种浓郁的生活情趣，进而提升了他诗词文章乃至做人的境界，一首首脍炙人口、流芳百世的诗词，正是他在逆境中创作出来的。

苏轼在被贬到黄州之后的第三年，写了一首词叫作《定风波》，词的内容是这样的："三月七日，沙湖道中遇雨。雨具先去，同行皆狼狈，余独不觉。已而遂晴，故作此词——莫听穿林打叶声，何妨吟啸且徐行。竹杖芒鞋轻胜马，谁怕？一蓑烟雨任平生。料峭春风吹酒醒，微冷，山头斜照却相迎。回首向来萧瑟处，归去。也无风雨也无晴。"

这首词本来写的是生活中的一件平常小事：宋神宗元丰七年三月七日，苏轼和朋友一起去相田看地，途中遭遇大雨而雨具又不在身上，朋友们都被大雨淋得狼狈不堪，然而，东坡却跟大家感受不一样，自得地在雨中吟着诗歌、哼着小调漫步前行。出门遇雨，是一件再平常不过的事情，但这里蕴含了深层的意蕴，即词人处变不惊、坦然行世的人生态度。想想那情景，朋友们都在急风骤雨中狼狈而逃，但对于苏轼这个大风大浪都经历过的人来讲，却不足为奇，完全不影响自己出行的心情，于是就只管吟咏前行。果然，没过多久，山头初晴，斜阳相迎，一切依然。联系到苏轼所经历的仕途上的风云变幻，词人何尝不是这种心境呢？多次受到排挤和打击，多次遭遇贬谪，词人仍然从容、镇定、旷达。

词中以"料峭春风"作比喻，让我们不禁想起苏轼人生路上的坎坷和政治生活中的风雨，而面对坎坷人生中挫折逆境，作者仍能看到"山头斜照"的希望，这是何等高远的境界？尤其是"归去，也无风雨也无晴"一句，我们可以看到词人用平常心对待生活中的所有事情，风雨也好，晴天也好，逆境也好，顺境也罢。在词人心中都是一样自然，拥有这样的心境，即便是遭遇大风大雨又有什么值得惊慌失措的呢？拥有这样的心境，即便是被贬到黄州，以至后来被贬到惠州儋州，苏轼照样过着怡然自得且积极进取的生活。大文豪苏轼，就是以这样一种良好的心态、豁达的智慧，让他在屡次贬谪中获得惬意安然而富有的意境。

《水调歌头·明月几时有》是苏轼公元1076年中秋在密州时所作。这首词是以月起兴并与弟弟苏辙七年未见之情为基础，围绕中秋明月展开想象和思考，把人世间的悲欢离合之情纳入对宇宙人生的哲理性追寻之中，反映了作者复杂而又矛盾的思想感情，又表现出作者热爱生活与积极向上的乐观精神。

“明月几时有？把酒问青天。不知天上宫阙，今夕是何年。我欲乘风归去，又恐琼楼玉宇，高处不胜寒。起舞弄清影，何似在人间。转朱阁，低绮户，照无眠。不应有恨，何事长向别时圆？人有悲欢离合，月有阴晴圆缺，此事古难全。但愿人长久，千里共婵娟。”这首词，苏轼把人生现象与自然现象融为一体。借用月圆月缺的自然现象，表达出了作者虽伤离别又处以达观的豁达胸怀。苏轼以不能“乘风归去”而感到遗憾，但马上又以“何似在人间”来自己解释；又以“人有悲欢离合”为遗憾，马上又以“月有阴晴圆缺，此事古难全”为自解，从而从大自然中得到启示，摆脱了人生苦恼。

“心烦手不闲，手忙心怡然。”苏东坡在流放中，心中虽然烦闷，但却没有无所事事，反而事必躬亲，进而发展出耕地、烹调的爱好。在劳动中，他的心情也变好了。最典型的是，苏东坡在下放黄州、惠州期间，创造出20多种菜肴，如东坡肉、东坡鲫鱼、东坡豆腐等，这些菜品至今还被人们津津乐道。

逆境之中，带着宽慰和感恩之心去看待发生的每一件事，遇到的每一个人，事情就会变得没那么糟糕。安于当下，就是最好的生活。不要活在虚妄的过去，也不要为曾经做太多假设，事情发生了，那就是唯一的可能，并且已经发生，无法回头，再去看去想，没有任何意义。苏轼的处世之道和人生态度如同他的佳作一样，流芳百世，人人称道，给人以启迪！

共勉。

写于2019年8月18日

后　记

值此2019年中国共产党成立98周年、中华人民共和国70周年华诞之际，我的这部由全国“联坛十杰”的楹联泰斗且被誉为“帐篷诗人”的文学巨匠常江先生亲笔题写书名；并由原《中国煤炭报》《中国安全生产报》主任编辑、中国煤矿作家协会秘书长姚喜岱老师亲自撰写序言的散文集《恩赐》，终于付梓面世，与读者见面了！

这部命名为《恩赐》的散文集，是从我1996年至2019年将近23年的文学创作中，精选出54篇散文作品结集而成。其中1996年至2008年作品20篇，2009年至2019年作品34篇。全集共计10万字有余（包括目录、序言和后记），根据作品内容分为十个栏目，包括有“人生经历”“童年记忆”“婚姻生活”“直言不讳”“居安思危”“职场经历”“随感随笔”“真情流露”“良师益友”“人生感悟”，而且，每篇作品文末均标记有曾经发表的各类媒体（报刊、杂志和公众号平台）或者写作日期。

尊敬的读者朋友，当您手捧这部散文集，出于好奇，很想知道我是怎么与文学创作结缘的吧？回想起来，我大概是从1996年10月在《张家口日报》首次发表的一篇纪实散文也是我的“处女作”之后，开始喜欢上文学写作的，而且，从此一发而不可收。迄今为止，已经二十多年了，其喜好程度与起初相比，可谓有过之而无不及，甚至到了越发痴迷的地步。

二十多年来，我耳闻目睹了世人对文学创作的风云变幻。然而，无论人们对于作家的写作如何看待，抑或调侃，对我来讲，没有任何的意义。因为，我比较遵从自己内心的意愿，乐于做自己喜欢的事情，而且，绝不会被外界因素所干扰和动摇。自1996年至2019年涉足文学写作的二十多年以来，我写过的作品有散文、报告文学和短篇小说等，而散文类居多。我之所以热衷于散文作品，是因为——散文，它能够抒发我的真情实感，叙述我的人生感悟，表达我的内心世界，总之一个字“真”。

我没有在文学类的高等学府进行深造，只是凭借二十多年的写作实践初步认为，小说或报告文学类基本上是在讲述他人的故事，而散文、随笔之类是在讲述写作者自己经历的故事和人生感悟，或许，这也是我最初喜欢上文学写作的起因或根本所在。日后，我会逐步侧重涉足于长、短篇小说等其他体裁的创作，以拓展自己文学创作的空间和领域。

今天，我之所以将1996年以来至今的散文作品，通过精选作为首部文集正式出版发行，原因有三：其一、它是我的人生经历；其二、它是我人生的真实写照；其三、它记录着我的心路历程。能够将这样一部散文作品付梓面世，奉献于读者面前，是我多年来的心愿。今天，在我宝贝女儿的鼎力支持下，终于如愿以偿了。对此，我感到无比欣慰！

人生短短几十年，每个人，只不过是人生中的一个匆匆过客。但愿后人或者说是有缘人，有兴致阅读到这部散文作品后，在洞察我人生经历的同时，如若在事业上对您有所帮助，在生活上对您有所启迪或者感悟，对我来讲，那将是一种莫大的荣耀！

值此作品集付梓之际，在此，我特别要感谢的是文学界资深前辈常江先生和中国煤矿作家协会秘书长姚喜岱老师！

当常江先生获悉我的散文作品集即将出版时，百忙中的他非常热情的不仅为我亲笔题写书名，还赠送了由他撰写2019年的邮票对联“雪月冰星春酒暖，吉祥兴旺彩云飞”，表示祝贺！

姚喜岱老师，这位自1997年以来与我有着大约十五年工作交往的老师、挚友和兄长，由于日后的工作变迁直至退休，虽说我们已有七八年很少联系，然而如今，当得知我正在筹备出版文集时，姚老师即刻全方位提供支持和帮助。特别让我感动的是，已从《阳光》杂志社退休的他依然致力于自己深爱的热土，经常扎根基层采访，潜力精心创作。目前，还要抽出极其宝贵的时间为我亲笔撰写序言。同时，我也深深地懂得，为他人代写序言，担负着既对作者又对读者负责的双重责任，需要其对十万多字的作品进行通篇阅读过目，方可下笔撰写，为此，将会消耗其怎样的心血与精力，我可想而知……这位从事二三十年报社主任编辑曾是著名作家刘庆邦笔下“敢将十指夸针巧”的姚喜岱老师，在前面的序言中，引用了我心中一直崇拜和敬仰的楷模——著名作家铁凝、刘庆邦两位作协主席说过极其精辟励志的格言妙语，对这部作品做出了高度评价，这对我来讲是极大的鼓舞和鞭策！序言中的字里行间，不仅折射出他对这部作品集精髓和灵魂的提炼和升华，而且，字字句句，似乎是对我内心的又一次敲打和撞击。姚老师在序言中极具精准而中肯的点评褒奖，不仅是对这部散文集的肯定，同时，也让我深深地感到他又一次拨亮了我的心灯，感到自己所热爱事业的前途更加光明，进而，更坚定了我对文学创作梦想的不懈追求与信心！

此外，我要对这部散文集《恩赐》不厌其烦的编审、封面装帧设计以及所有提供过帮助、支持和付出的各位老师和朋友，表示衷心地感谢！

张效梅

二〇一九年十一月八日　于北京